Harold R Foster

Band 14 der

Prinz Eisenherz

Werkausgabe

ORIGINALSEITEN 597–640

Die Hexen von Lilwynde

Carlsen Verlag

CARLSEN COMICS
Lektorat: Andreas C. Knigge
1. Auflage November 1991

Aus dem Amerikanischen von Wolfgang J. Fuchs
PRINCE VALIANT (page 597–640)

Lettering: Oliver Müller
Druck und buchbinderische Verarbeitung:
Casterman (Tournai/Belgien)

ISBN 3-551-71514-9
Printed in Belgium

Prinz Eisenherz
Aus den Tagen König Arthurs
WARNUNG KEHRT UM, FEIG-LINGE
TOD
KÖNIG TOURIEN VON CORNWALL TÖTET MIT VORLIEBE DIE RITTER KÖNIG ARTHURS UND SCHREIBT DIESEM DANN BELEIDIGENDE BRIEFE. PRINZ EISENHERZ UNTERSUCHT DIE ANGELEGENHEIT. "SOLCHE SCHILDER SOLLEN MUTIGE MÄNNER ZUM WEITERREITEN VERLEITEN..."
"... UND VERANLASSEN, DIE HERAUSFORDERUNG JENES KÄMPEN ANZUNEHMEN, DER SICH UNS IN DEN WEG STELLT... ALSO TUN WIR DAS GEGENTEIL UND ZIEHEN UNS ZURÜCK!"
WIE FEIGLINGE REITEN SIE ZURÜCK, BIS SIE HINTER SICH DAS SIGNAL DES VERBORGENEN WACHPOSTEN HÖREN. DANN REITEN SIE VOM WEG AB IN DEN WALD.
AUF EINER LICHTUNG SATTELN SIE AB, LASSEN DIE PFERDE WEIDEN UND SCHLAGEN EIN LAGER AUF, DAS SIE SO WOHNLICH EINRICHTEN, WIE SIE DAS BEI DEN INDIANERN JENSEITS DES MEERES GESEHEN HABEN.
EISENHERZ UND OSK WARTEN, BIS DER MOND AUFGEHT. DAS GEHEIMNIS DIESER SELTSAMEN FESTUNG IST NUR DURCH GENAUES AUSSPÄHEN UND NICHT DURCH WAFFENGEWALT ZU LÖSEN.
IM KALTEN MONDSCHEIN UNTERSUCHEN SIE DEN HOHLWEG. "IN DER FINSTEREN BIEGUNG KÖNNTE EINE FALLE AUFGESTELLT SEIN", FLÜSTERT EISENHERZ. "ALSO KLETTERN WIR DIE FELSEN HINAUF."
TATSÄCHLICH IST OBERHALB DES WEGES GERÖLL SO AUFGEHÄUFT, DASS EIN MANN MIT SEINER HILFE TAUSEND REITER DARUNTER BEGRABEN KÖNNTE!
UND HINTER DEM HÜGEL, AUF DEM DER KÄMPE STAND, BEFINDET SICH EIN GRABEN, IN DEM EIN DUTZEND MÄNNER IM HINTERHALT LIEGEN KÖNNEN.
COPR. 1948, KING FEATURES SYNDICATE, Inc., WORLD RIGHTS RESERVED.
HAL FOSTER
WEITERE UNTERSUCHUNGEN WERDEN DURCH HUNDEGEBELL BEENDET! IN DER FERNEN BURG BLITZEN LICHTER AUF! "MAN HAT UNS ENTDECKT! LAUF!" BEFIEHLT EISENHERZ.
597 7-18-48

Prinz Eisenherz
Aus den Tagen König Arthurs
Registered U.S. Patent Office
PRINZ EISENHERZ UND SEIN KNAPPE OSK FINDEN HERAUS, WESHALB KÖNIG ARTHURS BESTE RITTER KEINEN BESUCH IN TOURIENS BURG ÜBERLEBEN. EINE STUNDE VOR ANBRECHENDER DÄMMERUNG ZIEHEN SIE SICH, VON HUNDEN VERFOLGT, ZURÜCK.
IHR SCHNELLER LAUF ERSCHRECKT EINEN FUCHS SO SEHR, DASS ER SEINE BEUTE FALLEN LÄSST.
EISENHERZ SPIESST SIE AUF UND SCHLEIFT SIE HINTER SICH HER, DENN SIE HAT IHN BLITZSCHNELL AUF EINE IDEE GEBRACHT.
"FOLGE DEM BACH ZU UNSEREM LAGER! BLEIB IM WASSER, DAMIT DIE HUNDE DEINE SPUR NICHT WITTERN!"
ETWAS WEITER DEN WEG HINAB WIRFT EISENHERZ DEN SPEER SAMT HASEN WEG, EHE ER ZU EINEM HAIN JUNGER BÄUME ZURÜCKEILT, DIE ER MARKIERT HAT. DAS GEBELL IST SCHON SEHR NAHE, ALS ER HINAUFKLETTERT.
RASCH KLETTERT ER EINEN SCHLANKEN STAMM HINAUF UND BIEGT IHN IN DIE RICHTUNG, IN DER ER IN DEN WIPFELN WEITERWILL.
BELLEND SAUSEN DIE HUNDE VORBEI. ALS SIE DEN ZURÜCKGELASSENEN HASEN FINDEN, ENTBRENNT UNTER IHNEN EIN HEISSER KAMPF UM DIE BEUTE.
COPR 1948, KING FEATURES SYNDICATE, Inc., WORLD RIGHTS RESERVED
KEUCHEND NÄHERN SICH DIE SOLDATEN. "RUFT DIE HUNDE ZURÜCK!" BEFIEHLT DER ANFÜHRER. "SIE HABEN NUR EINEN JÄGER VERFOLGT. ER HATTE GLÜCK, DASS ER IHNEN ENTKAM!"
HAL FOSTER
"EIN VERSTECKTER WACHPOSTEN, EIN WEG VOLL TÖDLICHER FALLEN UND WACHHUNDE... DAS ERSCHWERT UNS UNSERE ARBEIT SEHR!"
SPB 7-25-48

Prinz Eisenherz
Aus den Tagen König Arthurs
Registered U S Patent Office
WESHALB EIN WENIG BEKANNTER KÖNIG AN CORNWALLS KÜSTE DEN MÄCHTIGEN KÖNIG ARTHUR HERAUSFORDERN WILL, IST NICHT BEKANNT, DENN DIE RITTER, DIE ES HERAUSFINDEN SOLLTEN, KEHRTEN NIE ZURÜCK.
EIN VERBORGENER WACHTPOSTEN BEWACHT DEN MIT FALLEN GESPICKTEN WEG. EISENHERZ UND OSK SUCHEN EINEN ANDEREN ZUGANG ZU TOURIENS BURG. "DURCH DIESEN WALD KOMMT KEINE ARMEE", STELLT EISENHERZ FEST, ALS SIE AM FUSS DER FELSEN VORDRINGEN.
NUR EIN WALDKENNER FINDET HIER NACH OBEN. DORT ANGELANGT KLETTERT EISENHERZ AUF EINEN BAUM, UM DAS UMLIEGENDE LAND IN AUGENSCHEIN ZU NEHMEN.
DIE FELSEN VOR IHNEN REICHEN BIS ANS MEER, UND HINTER IHNEN LIEGT DICHTER WALD. NUR DER ENGE HOHLWEG FÜHRT NACH OBEN. PLÖTZLICH HÖREN SIE AUS DER FERNE DAS BEKANNTE WARNSIGNAL DES WACHTPOSTENS!
TOD
SIE SEHEN EINE RITTERRÜSTUNG IN DER SONNE BLITZEN. EIN FAHRENDER RITTER NAHT, LIEST DIE BELEIDIGENDEN SCHILDER UND REITET AUF DIE GESTALT ZU, DIE HERAUSFORDERND AUF DEM HÜGEL ERSCHIENEN IST.
FÜR EINEN WARNRUF SIND SIE ZU WEIT ENTFERNT. SCHWACH SIND HERUNTERPOLTERNDE STEINE ZU HÖREN. EINIGE MINUTEN SPÄTER WIRD EIN NEUES OPFER ZUR BURG GETRAGEN.
SIE MÜSSEN TATENLOS ZUSEHEN. NOCH EIN TAPFERER FAHRENDER RITTER WURDE ARGLISTIG NIEDERGESTRECKT. EISENHERZ SCHWÖRT EINEN HEILIGEN EID, DEM EIN ENDE ZU SETZEN!
HAL FOSTER
ABER WIE? EIN DUTZEND MÄNNER WÜRDE GENÜGEN, DIE ZUGÄNGE ZUR FESTUNG GEGEN EINE GANZE ARMEE ZU VERTEIDIGEN. DIE BURG SELBST SIEHT UNEINNEHMBAR AUS, EIN ZUGANG VON DER SEE HER IST UNMÖGLICH!
COPR 1948 KING FEATURES SYNDICATE, Inc. WORLD RIGHTS RESERVED
599 8-1-48

Prinz Eisenherz
Aus den Tagen König Arthurs
Registered U.S. Patent Office
PRINZ EISENHERZ SITZT LANGE SINNIEREND AM LAGERFEUER. WIE SOLL ER DAS GEHEIMNIS ERGRÜNDEN, DAS HINTER DEN MAUERN EINER UNEINNEHMBAREN BURG VERBORGEN LIEGT? EIN KNIFFLIGES PROBLEM!
LANGSAM NIMMT EINE IDEE GESTALT AN. ER BETRACHTET SIE VON ALLEN SEITEN, STREICHT HIER UND FÜGT DORT HINZU, EHE ER DEN REST AUFPOLIERT. DANN GRINST ER UND LEGT SICH SCHLAFEN.
AM MORGEN WARTET ER, BIS OSK WACH IST UND GUT GEFRÜHSTÜCKT HAT. DANN ERLÄUTERT ER DEM KNAPPEN SEINEN PLAN UND GIBT IHM ANWEISUNGEN.
EISENHERZ MACHT SICH AUF DEN GEFÄHRLICHEN WEG, WÄHREND OSK AM WEGRAND WARTET. DENN EISENHERZ WEISS, DASS TOURIENS RÄTSELHAFTE BURG ABENTEUERLUSTIGE JUNGE RITTER ANLOCKT WIE HONIG DIE FLIEGEN.
GLEICH DER ERSTE, DER KOMMT, WIRD IM EILTEMPO NACH CAMELOT ZURÜCKGESCHICKT, UM HUNDERT KAMPFERPROBTE KRIEGER HERBEIZUHOLEN.
EISENHERZ GEHT UNTERDESSEN AM STRAND ENTLANG, BIS ER EINEN FISCHER TRIFFT UND DESSEN BOOT MIETET.
ER SEGELT EINIGE STUNDEN LANG, BIS ER DIE GEFÄHRLICHEN GEWÄSSER UNTERHALB VON KÖNIG TOURIENS FESTUNG ERREICHT.
COPR. 1948, KING FEATURES SYNDICATE, Inc., WORLD RIGHTS RESERVED
DIE WACHEN AM HAFEN VERWEIGERN IHM DIE EINFAHRT. *"ICH KOMME, UM KÖNIG TOURIEN ZU DIENEN!"* FÄHRT ER SIE AN. *"ÖFFNET DAS TOR, IHR KRIECHERISCHEN SCHWEINE, SONST LASSE ICH EUER HERZBLUT FLIESSEN!"*
HAL FOSTER
NACH FLÜCHEN UND DROHUNGEN GIBT MAN EISENHERZ DEN WEG FREI. ALS MAN IHN ENTWAFFNEN WILL, ZEIGT SICH, DASS ER SO STARK IST, WIE ER SICH GIBT. *"FÜHRT MICH ZUM KÖNIG!"* HERRSCHT ER SIE AN.
600 8-8-48

Prinz Eisenherz
Aus den Tagen König Arthurs
Registered U. S. Patent Office.
1
MIT EINER LIST GELANGT PRINZ EISENHERZ IN DIE ZWINGBURG KÖNIG TOURIENS. ER TUT HART UND BRUTAL, WEIL ER DENKT, KÖNIG TOURIEN KÖNNTE FÜR SOLCH EINEN MANN VERWENDUNG HABEN. "FÜHRT MICH ZUM KÖNIG!" BEFIEHLT ER.
2
SIE FÜHREN IHN DURCH SCHMUTZIGE, UNGEKEHRTE GÄNGE, DIE KALT UND FEUCHT SIND VON DER MEERESLUFT, DIE DURCH SCHADHAFTE FENSTERLÄDEN HEREINBLÄST.
3
DOCH DIE VERTEIDIGUNGSANLAGEN SIND IN ORDNUNG, UND DIE KRIEGSMASCHINEN STEHEN GEÖLT UND POLIERT INMITTEN DES UNRATS.
4
NACH LANGEM WARTEN GIBT EIN SCHÄBIG GEKLEIDETER DIENER EIN BLECHERN TRÖTENDES HORNSIGNAL UND ZIEHT ZU DIESER FANFARE ZERSCHLISSENE VORHÄNGE BEISEITE.
5
DER ANBLICK, DER SICH IHM NUN BIETET, IST GERADEZU LÄCHERLICH: EIN FETTER, KLEINER KÖNIG MIT EINER RIESIGEN KRONE SITZT AUF DEM HÖCHSTEN PODIUM, DAS JE FÜR EINEN THRON ERRICHTET WURDE. BILLIGE PRACHT, KINDISCHER POMP! EISENHERZ VERBEISST SICH SEIN LACHEN, DA IHM SCHLAGARTIG DIE GRAUSIGKEIT DIESES ANBLICKS BEWUSST WIRD. ALL DIESE LEUTE GLAUBEN AN DIE GROSSMANNSSUCHT DES KÖNIGS. UND DER KÖNIG IST WAHNSINNIG!
HAL FOSTER
COPR. 1948, KING FEATURES SYNDICATE, Inc., WORLD RIGHTS RESERVED.
601 8-15-48
6
"WESHALB BUHLST DU UM DIE GUNST KÖNIG TOURIENS, DES MÄCHTIGEN?" - "DAMIT ICH EINEM ECHTEN KÖNIG DIENEN KANN!" ANTWORTET EISENHERZ UND SCHIMPFT DANN LOS: "HÄTTET IHR KÖNIG ARTHURS GEFASEL VON 'GERECHTIGKEIT FÜR ALLE' ANHÖREN MÜSSEN, WÄRE EUCH SO ÜBEL GEWORDEN WIE MIR, UND IHR FÄNDET AUCH GEFALLEN AN PLÜNDERUNGEN, SKLAVEN, MACHT UND... RACHE!"

Prinz Eisenherz
Aus den Tagen König Arthurs
Registered U. S. Patent Office.
PRINZ EISENHERZ SPIELT DEN VERRÄTER, DER VON ARTHUR ZU KÖNIG TOURIEN ÜBERLAUFEN WILL, DA ER ALS BRUTALER GLÜCKSRITTER BEUTE UND RACHE SUCHT.
DER WAHNSINNIGE KÖNIG RUFT SEINEN ÄLTESTEN SOHN. "SOLLEN WIR IHN NEHMEN?" FRAGT ER. "NEIN, ICH TRAUE IHM NICHT. WIRF IHN VON DER MAUER!" - "NEIN, WIR NEHMEN IHN!" KNURRT DER KÖNIG, DER ZWAR RAT SUCHT, ABER AUF KEINEN RAT HÖRT.
TOURIEN ERHEBT SICH. FANFAREN ERTÖNEN, UND DIE DIENER VERNEIGEN SICH TIEF, ALS DER KLEINE MONARCH VOM PODIUM HERUNTERWATSCHELT.
"IHR KÖNNT UNS DIENEN. VIELLEICHT KÖNNT IHR EUCH SO AM VERLOGENEN KÖNIG ARTHUR RÄCHEN!"
EISENHERZ SPEIST MIT TOURIEN UND SEINEN DREI UNGESCHLACHTEN SÖHNEN. NIE BEFAND ER SICH IN GRÖSSERER GEFAHR. SIE SCHEINEN ALLE VOM WAHNSINN BEFALLEN ZU SEIN UND SIND DAHER FURCHTBAR, VERSCHLAGEN UND GRAUSAM. SIE MUSTERN IHN KALT... UND SCHEINEN IHN EINER PRÜFUNG ZU UNTERZIEHEN.
DIE DREI BRUTALEN SÖHNE KOMMEN UNGEWASCHEN ZU TISCH. IM MORDEN HABEN SIE GROSSE ERFAHRUNG - DER STARKE ALP, DER SCHMIERIGE, GECKENHAFTE CEDRIC UND DER SKLAVENTREIBER DOORNE.
EISENHERZ IMITIERT SEINE GASTGEBER UND REISST DAS SCHLECHT GEBRATENE FLEISCH MIT ZÄHNEN UND HÄNDEN.
COPR. 1948, KING FEATURES SYNDICATE, Inc., WORLD RIGHTS RESERVED.
HAL FOSTER
DER KÖNIG HAT SEINEN HUNGER GESTILLT. ER LEHNT SICH ZURÜCK UND ERZÄHLT EINE SELTSAME GESCHICHTE.
602 8-22-48

Prinz Eisenherz
Aus den Tagen König Arthurs
KÖNIG TOURIEN WISCHT SICH NACH DEM MAHL DIE FETTIGEN LIPPEN MIT DER NOCH FETTIGEREN MANSCHETTE AB UND WENDET SICH DANN AN SEINEN NEUEN GEFOLGSMANN, PRINZ EISENHERZ:
"ICH BIN DER GRÖSSTE ALLER KÖNIGE, WEISE IM RAT UND FURCHTBAR IM KAMPFE. KEIN RITTER KANN DEM ANGRIFF MEINER SÖHNE WIDERSTEHEN, KEIN KÖNIG IST MEINER STRATEGISCHEN PLANUNG EBENBÜRTIG."
EISENHERZ STARRT VERWUNDERT AUF DEN KINDISCHEN, WAHNSINNIGEN KÖNIG, DER SICH BEIM VORTRAG SEINER EHRGEIZIGEN PLÄNE IN RAGE REDET.
"EINER NACH DEM ANDEREN GEHEN UNS KÖNIG ARTHURS RITTER IN DIE FALLE. HABEN WIR IHN ERST GENÜGEND GESCHWÄCHT, STOSSEN WIR IHN VOM THRON UND TRETEN GLORREICH DIE HERRSCHAFT ÜBER DIE GANZE WELT AN!"
DANN GIBT ER DEN BLÄSERN EIN ZEICHEN UND WATSCHELT ZUM KLANG IHRER BLECHERNEN FANFAREN AUS DER HALLE. SEINE SCHRECKLICHEN SÖHNE ERHEBEN SICH ZUM GRUSS, WÄHREND ER MIT SEINEN LATSCHEN DURCH DEN AM BODEN VERSTREUTEN UNRAT HINAUSSCHLURFT.
NUN IST EISENHERZ MIT ALP, CEDRIC UND DOORNE ALLEIN. DREI GRAUSAME AUGENPAARE STARREN IHN OHNE JEDES WIMPERNZUCKEN AN! "WOHER KOMMST DU?" FRAGT ALP. "WAS WILLST DU?" KNURRT DOORNE. "SPRICH!" BEFIEHLT CEDRIC.
HAL FOSTER
WÄHREND EISENHERZ ERZÄHLT UND SIE SCHWEIGEND ZUHÖREN, WERDEN DIE GROSSEN KRÜGE IMMER WIEDER NACHGEFÜLLT. "MÖGE MIR HEUTE NACHT EINE GLATTE ZUNGE GEGEBEN SEIN!" BETET EISENHERZ.
603
8-29-48

Prinz Eisenherz
Aus den Tagen König Arthurs
KÖNIG TOURIEN AKZEPTIERT PRINZ EISENHERZ ALS GEFOLGSMANN, ABER SEINE DREI SÖHNE SIND NOCH MISSTRAUISCH. SIE BLEIBEN BEI TISCH, UM VIELE UND LISTIGE FRAGEN ZU STELLEN...
ER SAGT, ER HEISSE EISENHERZ UND SEI EIN WIKINGER, DER MIT DEM SEERÄUBER BOLTAR BIS WEIT GEN SÜDEN GEFAHREN UND VON DORT VIEL GOLD ZURÜCKGEBRACHT HÄTTE. ER HABE AM HADRIANSWALL MIT HORSA GEKÄMPFT (WOBEI ER VERSCHWEIGT, AUF WESSEN SEITE). ALS JUNGE SEI ER MIT THAGNAR GEGEN BRITANNIENS KÜSTE GEZOGEN (ALLERDINGS WAR ER DA DESSEN GEFANGENER), UND ER WÄRE DEM SEEKÖNIG ULFRUN ÜBERS MEER GEFOLGT (*VER*-FOLGT WÄRE NOCH GENAUER GEWESEN!).
ALS EISENHERZ FERTIG IST, GIBT CEDRIC EIN ZEICHEN, AUF DAS HIN EIN GROSSER WIKINGER, DER KAPITÄN IHRES SCHIFFS, EINTRITT. ER HAT ALLES BELAUSCHT.
"ICH KENNE DEN BURSCHEN NICHT, ABER ICH WEISS, WAS SEELEUTE SO ERZÄHLEN. WAS ER SAGT, KANN STIMMEN. VON BOLTARS GROSSER REISE GEN SÜDEN UND SEINEM GROSSEN GOLDFUND HABE ICH SCHON MAL GEHÖRT. WIE THAGNAR IST, WEISS ICH, DENN ICH SEGELTE UNTER IHM. ICH STEUERTE EINES VON HORSAS SCHIFFEN, ALS ER AM WALL KÄMPFTE. UND MIT ULFRUN WAR ICH AUF VIELEN RAUBZÜGEN. WAS ER SAGT, KLINGT WAHR!"
DIE DREI AUGENPAARE SEHEN IHN IMMER NOCH UNVERWANDT AN. WIEDER UND WIEDER WERDEN DIE GROSSEN KRÜGE GEFÜLLT.
IN EISENHERZ' KOPF DREHT SICH ALLES, SEINE LIDER WERDEN SCHWER. *"SIE WOLLEN MICH BETRUNKEN MACHEN. MÖGE DER HIMMEL MEINE SINNE GESCHÄRFT HALTEN!"*
PLÖTZLICH SPRINGT CEDRIC AUF UND HEBT SEINEN BECHER HOCH! *"AUF DEN GUTEN KÖNIG ARTHUR!"* RUFT ER. AUS GEWOHNHEIT SPRINGT EISENHERZ BEI DIESEM RUF AUF UND HEBT SEINEN KRUG...
HAL FOSTER
ER BEMERKT ZU SPÄT DIE TRIUMPHIERENDEN BLICKE... MAN HAT IHN HEREINGELEGT!
604 9-5-48

Prinz Eisenherz
Aus den Tagen König Arthurs
PRINZ EISENHERZ SCHÜTTET KRUG UM KRUG IN SICH HINEIN, UM SEINE GASTGEBER GLAUBEN ZU MACHEN, ER SEI EBENSO UNGEHOBELT UND BRUTAL WIE SIE. ALS AUF KÖNIG ARTHUR ANGESTOSSEN WERDEN SOLL, SPRINGT EISENHERZ AUF, HEBT SEINEN KRUG UND MERKT ZU SPÄT, DASS ER SICH SO VERRÄT. SEINE SCHRECKLICHEN GEFÄHRTEN ERHEBEN SICH IN UNHEILVOLLEM SCHWEIGEN.
DIE DROHENDE GEFAHR ERNÜCHTERT EISENHERZ AUF EINEN SCHLAG. ER LACHT: "IHR WOLLT AUF ARTHUR ANSTOSSEN? NA LOS, DANN TUT'S MIT DEN ANDEREN BASTARDEN, DIE IHM FOLGEN!"
SCHWANKEND WIE EIN VOLLTRUNKENER STEHT ER DA. "SCHÄMT EUCH, AUF DEN ALTEN KÖNIG ARTHUR ZU TRINKEN, DEN EUER EDLER VATER HASST!"
"ICH ABER FOLGE DEM GROSSEN KÖNIG TOURIEN UND HELFE IHM, DIE WELT ZU REGIEREN! ICH HABE BEREITS PLÄNE!"
DANN TASTET ER NACH SEINEM SCHEMEL, LÄSST SICH SCHWER FALLEN UND SCHLÄFT AUF DEM SCHMUTZIGEN TISCH EIN.
LANGE IST ES STILL, EHE EISENHERZ ES WAGT, EINEN BLICK ZU RISKIEREN. DIE DREI BETRUNKENEN LIEGEN IN FRIEDLICHEM SCHLUMMER DA. SO WEISS ER, DASS SIE IHM NICHT MEHR MISSTRAUEN.
DIE BLAKENDEN FACKELN UND DIE KERZEN VERLÖSCHEN NACH UND NACH. NUR DER SCHWERE TRITT DER WACHEN STÖRT DIE STILLE. IN DER GEFÜRCHTETEN FESTUNG HAUST EIN KLEINER, GRÖSSENWAHNSINNIGER KÖNIG. DOCH WIE LASSEN SICH DIE PLÄNE DIESES MORDBUBEN VEREITELN? SELBST TAUSEND RITTER KÖNNTEN SEINE FESTUNG NICHT EINNEHMEN!
HAL FOSTER
COPR 1948 KING FEATURES SYNDICATE, Inc. WORLD RIGHTS RESERVED
605 9-12-48

Prinz Eisenherz
Aus den Tagen König Arthurs
AM MORGEN BETRACHTET PRINZ EISENHERZ MIT ABSCHEU DEN SCHAUPLATZ DES NÄCHTLICHEN GELAGES. DIE GASTGEBER SCHLAFEN INMITTEN DER ESSENSRESTE. DIESES NEST MUSS AUSGERÄUCHERT WERDEN ... ABER WIE?
DIE KLARE MORGENLUFT KÜHLT SEINEN BRUMMSCHÄDEL. JETZT MUSS ER DEN SCHWACHPUNKT DIESER FESTUNG ENTDECKEN, OHNE VERDACHT ZU ERREGEN. DER WAHNSINNIGE KÖNIG HILFT IHM DABEI.
"O MÄCHTIGER KÖNIG", SAGT EISENHERZ. "IHR SEID WAHRHAFT EIN MILITÄRISCHES GENIE! NIE ZUVOR SAH ICH EINE SO GUT GEPLANTE BURG!"
DEM KÖNIG GEFÄLLT DIE SCHMEICHELEI. "KOMMT, ICH ZEIGE EUCH DAS VOLLE AUSMASS MEINER ERSTAUNLICHEN KLUGHEIT!" UND SCHON ZEIGT ER EISENHERZ SÄMTLICHE VERTEIDIGUNGSANLAGEN.
'ES IST ENTMUTIGEND! DIESES GEIERNEST HÄLT JEDER BELAGERUNG UND JEDEM ANGRIFF STAND. IMMERHIN BEMERKT ER ZWEIERLEI: KÖNIG TOURIEN IST HABGIERIG. WANN IMMER ER EISENHERZ' GOLDENE HALSKETTE ANSTARRT, BLITZT GIER AUS SEINEN AUGEN... UND IN KINDISCHER UNWISSENHEIT HAT HIER KEINER EINE AHNUNG VON DER WELT AUSSERHALB DER BURG!
IN DER STILLE DER NACHT NIMMT EINE IDEE GESTALT AN. WENN NIEMAND ZU DIESEN WAHNSINNIGEN VORDRINGEN KANN, MÜSSEN SIE DAZU GEBRACHT WERDEN, DIE SCHÜTZENDE FESTUNG ZU VERLASSEN!
606 9-19-48
COPR. 1948, KING FEATURES SYNDICATE, Inc. WORLD RIGHTS RESERVED.
EISENHERZ LÄSST SICH MIT DEM POMP UND GEPRÄNGE EINES FREMDLÄNDISCHEN BOTSCHAFTERS, DER EINEN KAISER BESUCHT, IN DEN THRONSAAL GELEITEN UND BITTET KÖNIG TOURIEN IN ALLER FORM, MIT SEINEM KRIEGSRAT EINEN PLAN ANZUHÖREN.
HAL FOSTER
DAS GEFÄLLT DEM KÖNIG. ER RUFT SEINE SÖHNE HERBEI. "DIE WELT ERWARTET EINEN GROSSEN FÜHRER", SAGT EISENHERZ ERNST. "ICH HABE EINEN PLAN, DER KÖNIG TOURIEN DAZU MACHEN WIRD!"

Prinz Eisenherz
Aus den Tagen König Arthurs
KÖNIG TOURIENS FESTUNG IST EIN AUGIASSTALL, DER DES AUSMISTENS BEDARF. DOCH HINTER DEN UNEINNEHMBAREN MAUERN DER FESTUNG SIND ER UND SEINE SÖHNE IN SICHERHEIT. PRINZ EISENHERZ MACHT SICH DEN GRÖSSENWAHN DES KÖNIGS ZUNUTZE, UM IHN AUS DIESEN MAUERN HERAUSZULOCKEN.
ER PACKT SIE BEI IHRER HABGIER, INDEM ER VOM GROSSEN GOLD- UND JUWELENSCHATZ IN CAMELOT ERZÄHLT UND IHNEN SAGT, WIE REICH UND MÄCHTIG SIE SEIN KÖNNTEN!
"ABER", FÜGT ER HINZU. "OBWOHL KEIN RITTER EUREN KRÄFTIGEN SÖHNEN WIDERSTEHEN KÖNNTE, HAT KÖNIG ARTHUR EINE MÄCHTIGERE ARMEE ALS IHR. ER BEZAHLT SIE MIT GOLD... WENN IHR DER ARMEE MEHR BEZAHLT, KÄMPFT SIE FÜR EUCH!"
"ABER WOHER SOLLEN WIR GOLD BEKOMMEN?" FRAGT DER FETTE KLEINE KÖNIG KLÄGLICH. EISENHERZ LACHT.
"AUF EUREM SIEGESZUG NACH CAMELOT KOMMEN WIR AN VIELEN BURGEN UND GROSSEN STÄDTEN VORBEI. JEDE BURG IST VOLLER GOLD UND EDELSTEINE! IN DEN STÄDTEN SIND REICHE KAUFLEUTE MIT GOLDKISTEN UND UNVORSTELLBAREN REICHTÜMERN!"
"BEZAHLT GROSSZÜGIG, DANN SCHAREN SICH DIE LEUTE UM EUCH!" DANN GRINST EISENHERZ LISTIG UND FLÜSTERT: "IHR KÖNNT EUCH DAS ALLES ZURÜCKHOLEN, INDEM IHR DIE STEUERN HOCH ANSETZT!"
HAL FOSTER
EISENHERZ GEHT, DAMIT DER WAHNSINNIGE KÖNIG MIT SEINEN SÖHNEN BERATEN KANN. SIE ZWEIFELN KEINE SEKUNDE DARAN, DASS KÖNIG ARTHURS RITTER FÜR GOLD ZU VERRÄTERN WERDEN KÖNNTEN, DENN VON EHRLICHKEIT UND EHRE HABEN SIE NOCH NIE ETWAS GEHÖRT!
COPR. 1948, KING FEATURES SYNDICATE, Inc., WORLD RIGHTS RESERVED.
607 9-26-48

Prinz Eisenherz
Aus den Tagen König Arthurs
DER WAHNSINNIGE KÖNIG TOURIEN SIEHT DIE EROBERUNG CAMELOTS ALS ERSTEN SCHRITT, UM BEHERRSCHER DER WELT ZU WERDEN. DAS GANZE WÄRE EINE KOMÖDIE, GEHÖRTE ZU DEN GRAUSAMEN PLÄNEN NICHT BRANDSCHATZUNG, MORD, EINE SKLAVENARMEE UND VERRAT!
PRINZ EISENHERZ IST VERZWEIFELT. ER MUSS ZU SEINEM KNAPPEN HINAUSGELANGEN, UM SEINE PLÄNE WEITERZUGEBEN, EHE DIESE UNGEHEUER DAS LAND VERWÜSTEN!
ER UNTERBREITET DEM KÖNIG EINEN PLAN: "DUNDORN IST DIE ERSTE STADT AUF DEM WEG NACH CAMELOT. ICH KENNE DIE STADT. IHRE BEWOHNER LIEBEN ARTHUR NICHT UND WÜRDEN EUCH MIT OFFENEN ARMEN EMPFANGEN, WENN ICH IHNEN EUER KOMMEN ANKÜNDIGE!"
"IHR KÖNNTET OHNE EINEN KAMPF IN DIE STADT EINZIEHEN." DANN SENKT EISENHERZ SEINE STIMME ZU EINEM FLÜSTERN. "UND SEID IHR ERST EINMAL DRINNEN, KÖNNT IHR TUN, WAS EUCH BELIEBT!"
ALSO SCHICKT KÖNIG TOURIEN EISENHERZ ALS SPION AUS... UND EINEN SPION, DER EISENHERZ BEWACHEN SOLL.
EISENHERZ ATMET ERLEICHTERT AUF, ALS ER AUS DEM HOHLWEG KOMMT UND DIE STÄTTE DES GRAUENS HINTER SICH LÄSST.
EISENHERZ GEHT EILENDS ZU DER STELLE, AN DER ER SEINEN KNAPPEN OSK ZURÜCKLIESS. NACH EINER KURZEN BEGRÜSSUNG PASSEN SIE DEN MIT SICHERHEIT ZU ERWARTENDEN SPION AB.
608 10-3-48
HAL FOSTER
OSK FÜHRT SIE ZU EINER EINIGE MEILEN ENTFERNTEN LICHTUNG, WO DIE HUNDERT RITTER LAGERN, DIE EISENHERZ AUS CAMELOT HAT RUFEN LASSEN. NUN WERDEN PLÄNE FÜR DEN LETZTEN AKT GESCHMIEDET.
COPR. 1948, KING FEATURES SYNDICATE, Inc., WORLD RIGHTS RESERVED.

Prinz Eisenherz
Aus den Tagen König Arthurs
AUF EINER WALDLICHTUNG INSTRUIERT PRINZ EISENHERZ KÖNIG ARTHURS RITTER. ER SCHLIESST: "SEID AUF DER HUT, DENN DIESE MÄNNER SIND WAHNSINNIG, VERSCHLAGEN, RÜCKSICHTSLOS UND STARK!"
IM NÄMLICHEN AUGENBLICK STELLEN KÖNIG TOURIEN UND SEINE GRAUENHAFTEN SÖHNE DIE WORTE VON EISENHERZ UNTER BEWEIS. DA SIE SELBST KEIN EHRGEFÜHL HABEN, HALTEN SIE JEDERMANN FÜR EHRLOS. CEDRIC, DER ÄLTESTE SOHN, SAGT:
"ICH TRAUE DIESEM EISENHERZ NICHT. UM EINEM VERRAT VORZUBAUEN, BLEIBEN DER KÖNIG UND ICH HINTER DIESEN MAUERN, BIS DUNDORN EINGENOMMEN IST. GEHT ALLES GUT, ZIEHT UNSER VATER IM TRIUMPHZUG IN DIE STADT EIN."
EISENHERZ KOMMT ZURÜCK UND LÜGT GLÄNZEND: "DUNDORN WIRD FAST KAMPFLOS AN EUCH FALLEN. DIE BEVÖLKERUNG IST KÖNIG ARTHUR LEID UND WIRD EINEN MONARCHEN WIE TOURIEN BEGRÜSSEN. HUNDERTE WERDEN SICH EURER ARMEE IN ERWARTUNG EURER BEUTEZÜGE ANSCHLIESSEN!"
DER GEÄNDERTE PLAN IST FÜR EISENHERZ EINE HERBE ENTTÄUSCHUNG. ER HÄTTE ALLE VIER AUS IHRER FESTUNG LOCKEN WOLLEN. NICHTSDESTOTROTZ LOBT ER IHRE KLUGHEIT, ALS SIE SICH REISEFERTIG MACHEN.
KÖNIG TOURIENS ARMEE UNTERNIMMT DEN ERSTEN SCHRITT ZUR EROBERUNG DER WELT. ALP UND DOORNE REITEN EINE SCHWERTLÄNGE VON EISENHERZ ENTFERNT
ALS SIE EINE GROSSE LICHTUNG ÜBERQUEREN, ERSCHALLT EINE FANFARE. MIT EINEM BLICK AUF SEINE BEWACHER FRAGT SICH EISENHERZ, OB ER DIE NÄCHSTEN MINUTEN WOHL ÜBERLEBEN WIRD!
HAL FOSTER
SCHWEIGEND REITEN HUNDERT RITTER IN VOLLER RÜSTUNG AUS DEM WALD. DIE KLEINE ARMEE IST UMZINGELT!
COPR 1948 KING FEATURES SYNDICATE, Inc., WORLD RIGHTS RESERVED
609 10-10-48

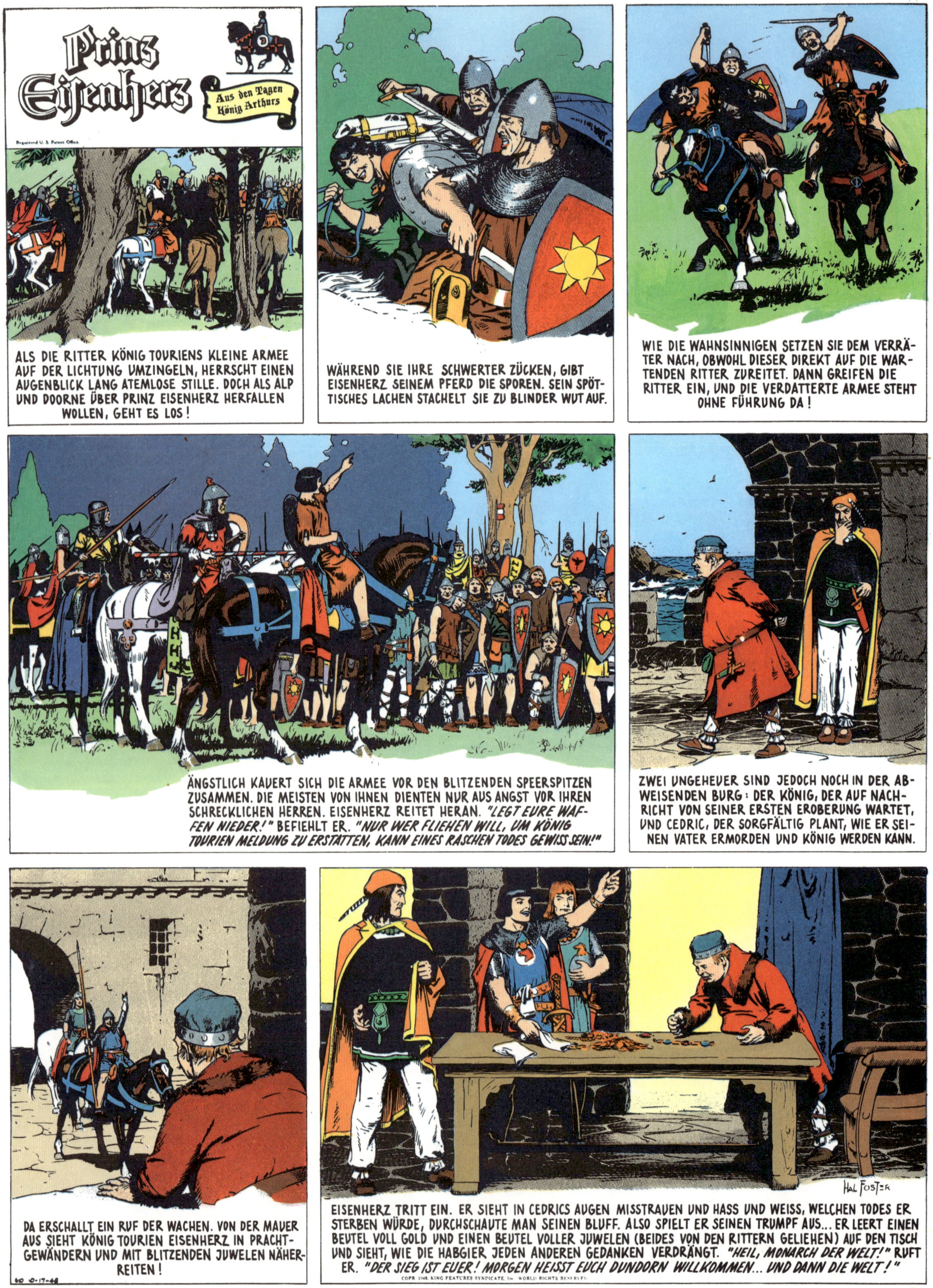

Prinz Eisenherz
Aus den Tagen König Arthurs
Registered U. S. Patent Office.
ALS DIE RITTER KÖNIG TOURIENS KLEINE ARMEE AUF DER LICHTUNG UMZINGELN, HERRSCHT EINEN AUGENBLICK LANG ATEMLOSE STILLE. DOCH ALS ALP UND DOORNE ÜBER PRINZ EISENHERZ HERFALLEN WOLLEN, GEHT ES LOS!
WÄHREND SIE IHRE SCHWERTER ZÜCKEN, GIBT EISENHERZ SEINEM PFERD DIE SPOREN. SEIN SPÖTTISCHES LACHEN STACHELT SIE ZU BLINDER WUT AUF.
WIE DIE WAHNSINNIGEN SETZEN SIE DEM VERRÄTER NACH, OBWOHL DIESER DIREKT AUF DIE WARTENDEN RITTER ZUREITET. DANN GREIFEN DIE RITTER EIN, UND DIE VERDATTERTE ARMEE STEHT OHNE FÜHRUNG DA!
ÄNGSTLICH KAUERT SICH DIE ARMEE VOR DEN BLITZENDEN SPEERSPITZEN ZUSAMMEN. DIE MEISTEN VON IHNEN DIENTEN NUR AUS ANGST VOR IHREN SCHRECKLICHEN HERREN. EISENHERZ REITET HERAN. *"LEGT EURE WAFFEN NIEDER!"* BEFIEHLT ER. *"NUR WER FLIEHEN WILL, UM KÖNIG TOURIEN MELDUNG ZU ERSTATTEN, KANN EINES RASCHEN TODES GEWISS SEIN!"*
ZWEI UNGEHEUER SIND JEDOCH NOCH IN DER ABWEISENDEN BURG: DER KÖNIG, DER AUF NACHRICHT VON SEINER ERSTEN EROBERUNG WARTET, UND CEDRIC, DER SORGFÄLTIG PLANT, WIE ER SEINEN VATER ERMORDEN UND KÖNIG WERDEN KANN.
DA ERSCHALLT EIN RUF DER WACHEN. VON DER MAUER AUS SIEHT KÖNIG TOURIEN EISENHERZ IN PRACHTGEWÄNDERN UND MIT BLITZENDEN JUWELEN NÄHERREITEN!
60 10-17-48
HAL FOSTER
EISENHERZ TRITT EIN. ER SIEHT IN CEDRICS AUGEN MISSTRAUEN UND HASS UND WEISS, WELCHEN TODES ER STERBEN WÜRDE, DURCHSCHAUTE MAN SEINEN BLUFF. ALSO SPIELT ER SEINEN TRUMPF AUS... ER LEERT EINEN BEUTEL VOLL GOLD UND EINEN BEUTEL VOLLER JUWELEN (BEIDES VON DEN RITTERN GELIEHEN) AUF DEN TISCH UND SIEHT, WIE DIE HABGIER JEDEN ANDEREN GEDANKEN VERDRÄNGT. *"HEIL, MONARCH DER WELT!"* RUFT ER. *"DER SIEG IST EUER! MORGEN HEISST EUCH DUNDORN WILLKOMMEN... UND DANN DIE WELT!"*
COPR. 1948, KING FEATURES SYNDICATE, Inc., WORLD RIGHTS RESERVED.

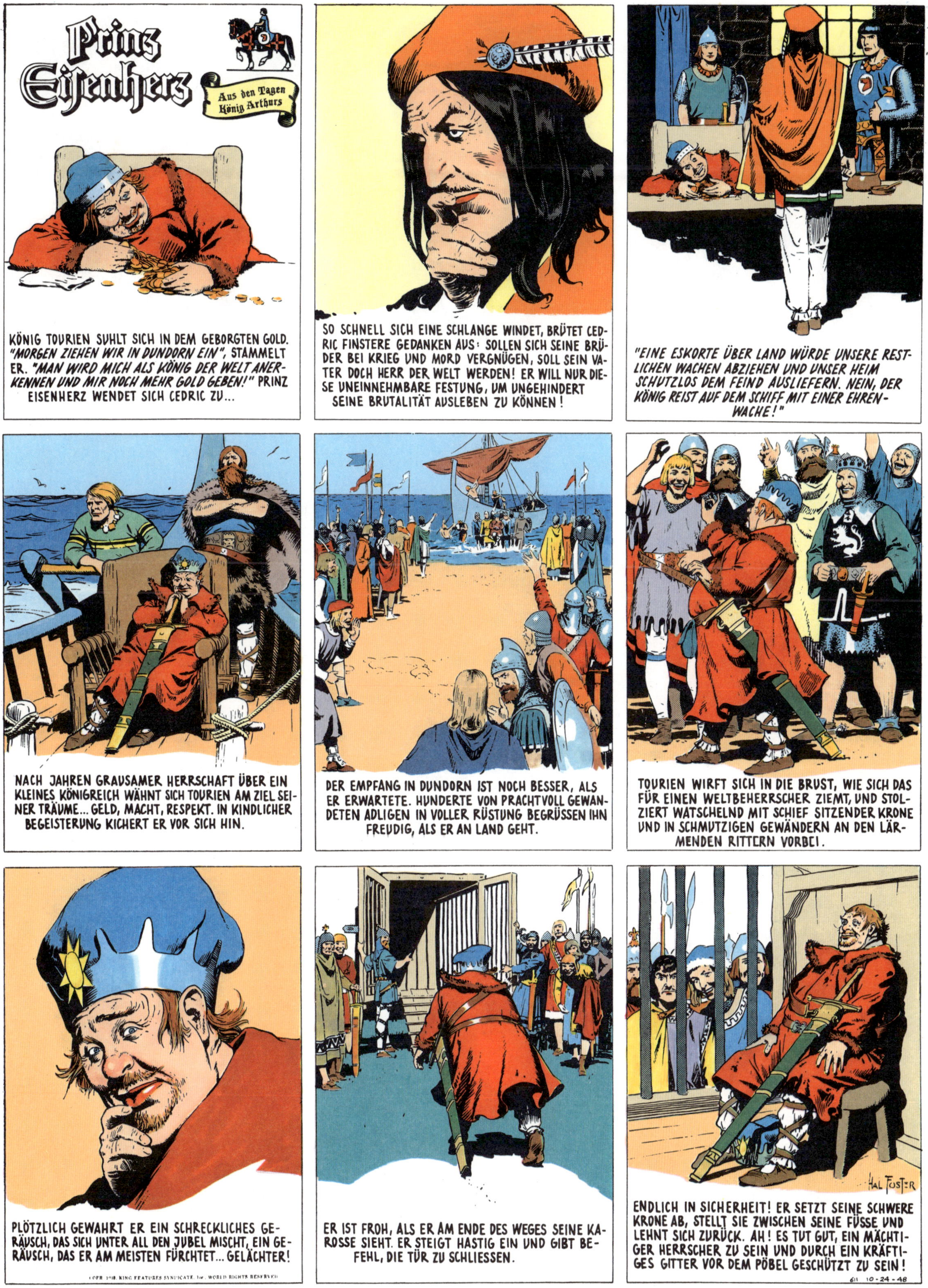
Prinz Eisenherz
Aus den Tagen König Arthurs
KÖNIG TOURIEN SUHLT SICH IN DEM GEBORGTEN GOLD. "MORGEN ZIEHEN WIR IN DUNDORN EIN", STAMMELT ER. "MAN WIRD MICH ALS KÖNIG DER WELT ANERKENNEN UND MIR NOCH MEHR GOLD GEBEN!" PRINZ EISENHERZ WENDET SICH CEDRIC ZU...
SO SCHNELL SICH EINE SCHLANGE WINDET, BRÜTET CEDRIC FINSTERE GEDANKEN AUS: SOLLEN SICH SEINE BRÜDER BEI KRIEG UND MORD VERGNÜGEN, SOLL SEIN VATER DOCH HERR DER WELT WERDEN! ER WILL NUR DIESE UNEINNEHMBARE FESTUNG, UM UNGEHINDERT SEINE BRUTALITÄT AUSLEBEN ZU KÖNNEN!
"EINE ESKORTE ÜBER LAND WÜRDE UNSERE RESTLICHEN WACHEN ABZIEHEN UND UNSER HEIM SCHUTZLOS DEM FEIND AUSLIEFERN. NEIN, DER KÖNIG REIST AUF DEM SCHIFF MIT EINER EHRENWACHE!"
NACH JAHREN GRAUSAMER HERRSCHAFT ÜBER EIN KLEINES KÖNIGREICH WÄHNT SICH TOURIEN AM ZIEL SEINER TRÄUME... GELD, MACHT, RESPEKT. IN KINDLICHER BEGEISTERUNG KICHERT ER VOR SICH HIN.
DER EMPFANG IN DUNDORN IST NOCH BESSER, ALS ER ERWARTETE. HUNDERTE VON PRACHTVOLL GEWANDETEN ADLIGEN IN VOLLER RÜSTUNG BEGRÜSSEN IHN FREUDIG, ALS ER AN LAND GEHT.
TOURIEN WIRFT SICH IN DIE BRUST, WIE SICH DAS FÜR EINEN WELTBEHERRSCHER ZIEMT, UND STOLZIERT WATSCHELND MIT SCHIEF SITZENDER KRONE UND IN SCHMUTZIGEN GEWÄNDERN AN DEN LÄRMENDEN RITTERN VORBEI.
PLÖTZLICH GEWAHRT ER EIN SCHRECKLICHES GERÄUSCH, DAS SICH UNTER ALL DEN JUBEL MISCHT, EIN GERÄUSCH, DAS ER AM MEISTEN FÜRCHTET... GELÄCHTER!
COPR. 1948, KING FEATURES SYNDICATE, Inc., WORLD RIGHTS RESERVED
ER IST FROH, ALS ER AM ENDE DES WEGES SEINE KAROSSE SIEHT. ER STEIGT HASTIG EIN UND GIBT BEFEHL, DIE TÜR ZU SCHLIESSEN.
HAL FOSTER
ENDLICH IN SICHERHEIT! ER SETZT SEINE SCHWERE KRONE AB, STELLT SIE ZWISCHEN SEINE FÜSSE UND LEHNT SICH ZURÜCK. AH! ES TUT GUT, EIN MÄCHTIGER HERRSCHER ZU SEIN UND DURCH EIN KRÄFTIGES GITTER VOR DEM PÖBEL GESCHÜTZT ZU SEIN!
611 10-24-48

Prinz Eisenherz
Aus den Tagen König Arthurs
DER MÄCHTIGE KÖNIG TOURIEN SEGELT SEINER ENDGÜLTIGEN HEIMAT ENTGEGEN, DEM IRRENHAUS. PRINZ EISENHERZ BLEIBT ALLEINE BEIM LETZTEN UND SCHLIMMSTEN SEINER SÖHNE ZURÜCK, BEI CEDRIC, DEM GRAUSAMEN.
CEDRIC GEHT VOR IHM HER IN DIE GROSSE HALLE. *"WARTET HIER!"* BEFIEHLT ER. DANN TRETEN BEWAFFNETE WACHEN EIN, SCHLIESSEN ALLE TÜREN UND WARTEN, AN DER WAND STEHEND, AB.
CEDRIC KOMMT IN VOLLER RÜSTUNG MIT GEZÜCKTEM SCHWERT ZURÜCK. *"ICH GLAUBE, IHR HABT MEINEN VATER UND MEINE BRÜDER IN DEN UNTERGANG GELOCKT!"* SAGT ER MIT EISIGER RUHE. *"JETZT BIN ICH KÖNIG. MEINE ERSTE AMTSHANDLUNG IST: RACHE ÜBEN!"*
BEIM ERSTEN ANGRIFF WEISS EISENHERZ, DASS ER ES MIT EINEM UNGEWÖHNLICHEN SCHWERTKÄMPFER ZU TUN HAT, DER JEDEN ERLAUBTEN UND UNERLAUBTEN TRICK BEHERRSCHT.
DRAHTIG, UNERMÜDLICH UND KALT TREIBT ER EISENHERZ IMMER WEITER ZURÜCK. SCHON IST BLUT AN SEINEM SCHWERT.
EISENHERZ KEUCHT, DER NIEDERLAGE NAHE, EHE ER DEN SCHWACHEN PUNKT SEINES GEGNERS ERKENNT... EITELKEIT! ER HAT SEINE GOLDDURCHWIRKTE SEIDENHOSE ÜBER SEINE RÜSTUNG ANGEZOGEN... EIN SCHNELLER STOSS DURCHTRENNT DEN GÜRTEL!
DIE HOSE RUTSCHT. CEDRIC HOPST HERUM, UM SEIN GLEICHGEWICHT ZU HALTEN. EINER LACHT. DANN NOCH EINER.
ER GERÄT IN RAGE UND VERGISST SEINEN GEGNER. ZUM ERSTEN MAL WIRD IN DIESER FESTUNG GELACHT... ÜBER IHN! AUSGERECHNET! WUTSCHNAUBEND STÜRMT ER AUF SEINE LEUTE ZU UND SCHLÄGT WILD UM SICH.
HAL FOSTER
DANN GEHT ER ZU BODEN. DER LETZTE TOURIEN FINDET DEN TOD DURCH DIE HAND SEINER EIGENEN MÄNNER!

Prinz Eisenherz
Aus den Tagen König Arthurs
Registered U. S. Patent Office.
CEDRIC, DER LETZTE DER WAHNSINNIGEN TOURIENS, IST TOT, ERSCHLAGEN VON SEINEN VERZWEIFELTEN LEIBEIGENEN. MÜDE STÜTZT SICH PRINZ EISENHERZ NACH DIESER SCHWEREN PRÜFUNG AUF SEIN SCHWERT, BIS ER SICH EINER NOCH GRÖSSEREN GEFAHR BEWUSST WIRD. AUS DEN GESICHTERN DER SOLDATEN WEICHT DIE ANGST. EINE GEFÄHRLICHERE STIMMUNG GREIFT UM SICH: FREIHEIT! ZUM ERSTEN MAL IN IHREM TRÜBSELIGEN LEBEN SIND SIE IHRER SCHRECKLICHEN HERREN LEDIG!
UND EISENHERZ WEISS, DASS FREIHEIT NUR JENEN GEBÜHRT, DIE SIE SICH VERDIENEN. WENN VERSKLAVTE MENSCHEN SIE ZU PLÖTZLICH BEKOMMEN, WIRKT SIE WIE EIN RAUSCH UND FÜHRT INS CHAOS!
"AUFGEPASST!" RUFT ER. "ICH ÜBERNEHME DIESE BURG IM NAMEN KÖNIG ARTHURS! BIS DER KÖNIG EINEN VERWALTER ERNENNT, ERTEILE ICH HIER DIE BEFEHLE. GEHT WIEDER AN EURE ARBEIT!"
DIE SOLDATEN ZÖGERN. IN IHREN AUGEN GLIMMT DIE LUST AUF EINE ORGIE DER ZERSTÖRUNG. DOCH ANGESICHTS DES RESOLUTEN JUNGEN RITTERS KEHRT DIE ALTE GEWOHNHEIT DES GEHORSAMS ZURÜCK. SIE BEFOLGEN SEINE ANORDNUNGEN.
OSK WIRD FREIGELASSEN UND HILFT EISENHERZ BEIM VERSORGEN SEINER VERLETZUNGEN.
OBWOHL EISENHERZ EINEN AUFTRAG DES KÖNIGS ERFOLGREICH AUSGEFÜHRT HAT, IST ER NICHT ZUFRIEDEN. TÄUSCHUNG, VERRAT, LIST UND FALSCHHEIT WAREN SEINE WAFFEN GEWESEN. UND IN DER SCHMUTZIGEN BURG, UMGEBEN VON DEN BRUTAL UNTERDRÜCKTEN LEIBEIGENEN, IST IHM SEIN HERZ SCHWER.
COPR. 1948, KING FEATURES SYNDICATE, Inc., WORLD RIGHTS RESERVED. 613 11-7-48
HAL FOSTER

Prinz Eisenherz
Aus den Tagen König Arthurs
PRINZ EISENHERZ EMPFINDET ÜBER SEINEN ERFOLGREICH AUSGEFÜHRTEN AUFTRAG KEINEN STOLZ UND KEINE FREUDE OB DER ANGEWANDTEN TÄUSCHUNGSMANÖVER. DEPRIMIERT ORDNET ER AN, DIE GEFANGENEN AUS DEN VERLIESEN ZU BEFREIEN UND ZU IHM ZU BRINGEN.
DIE FEUCHTEN, DUNKLEN VERLIESE GEBEN IHRE BEDAUERNSWERTEN GEFANGENEN FREI. VON ALLEN SCHRECKEN DIESER STÄTTE DES GRAUENS IST DER ZUSTAND DIESER GEFANGENEN DER GRAUENHAFTESTE. VOM FÜR LÖSEGELD GEFANGENEN RITTER, DESSEN WUNDEN UNBEHANDELT BLIEBEN, BIS HIN ZU JAHRELANG VERGESSENEN GESCHÖPFEN TAUMELN DIE BEFREITEN HEREIN.
ES GIBT KEINE AUFZEICHNUNGEN ÜBER IHRE VERBRECHEN UND KEIN VERBRECHEN, DAS SO LANGE QUAL RECHTFERTIGEN KÖNNTE. EISENHERZ LÄSST ALLE FREI!
SEINE DEPRESSION SCHWINDET. UM DIE WAHNSINNIGEN TOURIENS ZU BESIEGEN, WAR JEDES MITTEL RECHT! DANN KOMMEN KÖNIG ARTHURS RITTER MIT DER GEFANGENEN ARMEE. DAMIT IST EISENHERZ' ARBEIT GETAN!
DIE ENTMUTIGTE ARMEE, MIT DER KÖNIG TOURIEN DIE WELT EROBERN WOLLTE, KEHRT OHNE KLAGEN ZURÜCK, DENN NICHTS KONNTE SCHLIMMER SEIN ALS DAS, WAS SIE UNTER IHREM KÖNIG ZU ERTRAGEN HATTE.
DER VERWALTER DES KÖNIGS ÜBERNIMMT DIE BURG UND BINDET EIN WEITERES KÖNIGREICH IN ARTHURS WACHSENDEN EINFLUSSBEREICH EIN.
EISENHERZ MACHT SICH MIT EINER GRUPPE RITTER AUF DEN HEIMWEG. IHRE ZAHL SCHMILZT TÄGLICH DAHIN, DA JEDER WEG UND JEDE KREUZUNG IRGENDEINEN DER JUNGEN KRIEGER VERLOCKT, AUF ABENTEUER AUSZUZIEHEN.
COPR. 1948, KING FEATURES SYNDICATE, Inc., WORLD RIGHTS RESERVED. 614 11-14-48
HAL FOSTER
BALD BLEIBEN ALLE ZURÜCK, WÄHREND EISENHERZ UNGEDULDIG DEM PFERD DIE SPOREN GIBT. ETWAS RUFT IHN, ETWAS MIT ERNSTEN GRAUEN AUGEN UND LACHENDEN LIPPEN... UND EIN RUNDES BABY!

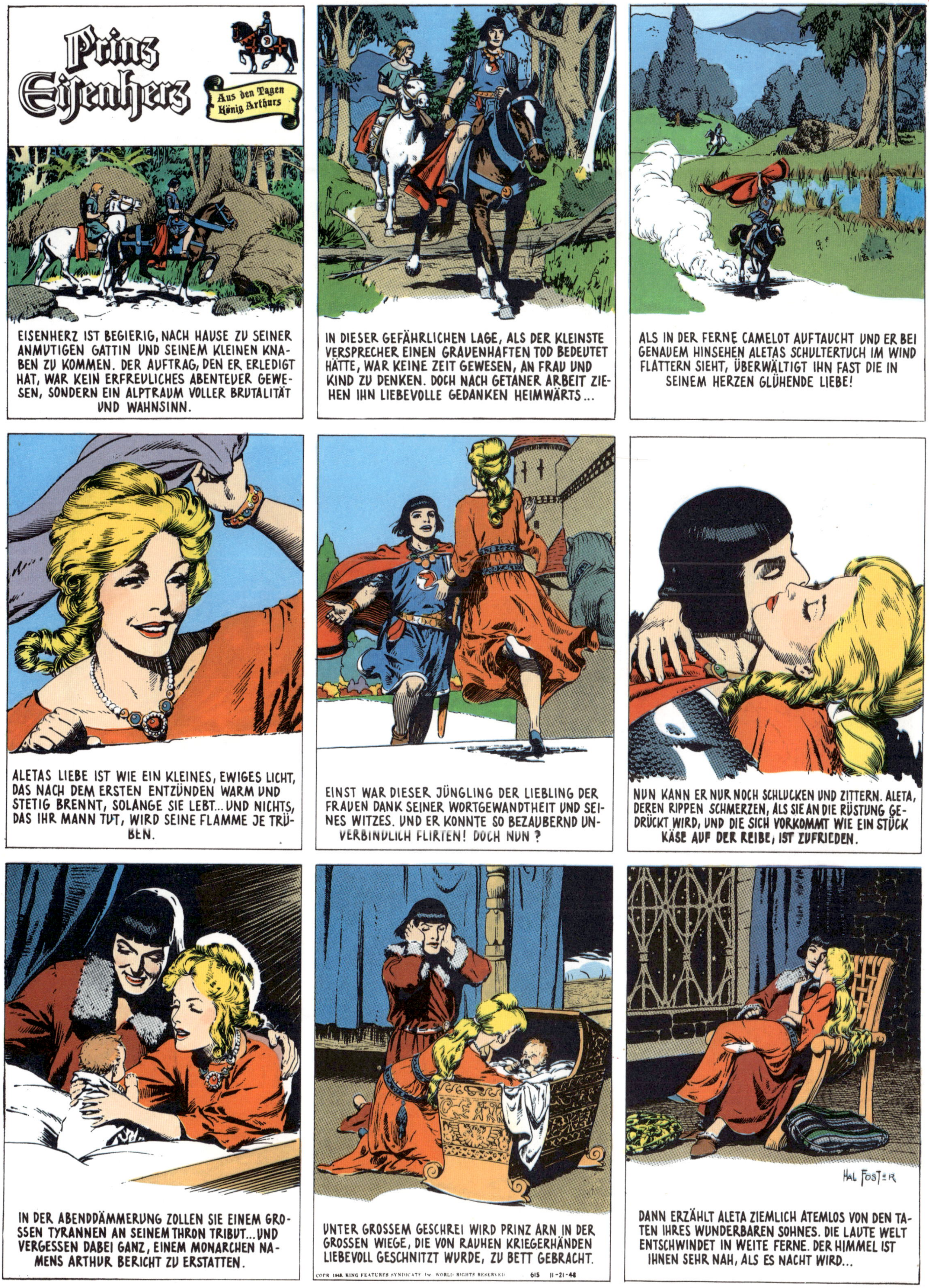
Prinz Eisenherz
Aus den Tagen König Arthurs
EISENHERZ IST BEGIERIG, NACH HAUSE ZU SEINER ANMUTIGEN GATTIN UND SEINEM KLEINEN KNABEN ZU KOMMEN. DER AUFTRAG, DEN ER ERLEDIGT HAT, WAR KEIN ERFREULICHES ABENTEUER GEWESEN, SONDERN EIN ALPTRAUM VOLLER BRUTALITÄT UND WAHNSINN.
IN DIESER GEFÄHRLICHEN LAGE, ALS DER KLEINSTE VERSPRECHER EINEN GRAUENHAFTEN TOD BEDEUTET HÄTTE, WAR KEINE ZEIT GEWESEN, AN FRAU UND KIND ZU DENKEN. DOCH NACH GETANER ARBEIT ZIEHEN IHN LIEBEVOLLE GEDANKEN HEIMWÄRTS...
ALS IN DER FERNE CAMELOT AUFTAUCHT UND ER BEI GENAUEM HINSEHEN ALETAS SCHULTERTUCH IM WIND FLATTERN SIEHT, ÜBERWÄLTIGT IHN FAST DIE IN SEINEM HERZEN GLÜHENDE LIEBE!
ALETAS LIEBE IST WIE EIN KLEINES, EWIGES LICHT, DAS NACH DEM ERSTEN ENTZÜNDEN WARM UND STETIG BRENNT, SOLANGE SIE LEBT... UND NICHTS, DAS IHR MANN TUT, WIRD SEINE FLAMME JE TRÜBEN.
EINST WAR DIESER JÜNGLING DER LIEBLING DER FRAUEN DANK SEINER WORTGEWANDTHEIT UND SEINES WITZES. UND ER KONNTE SO BEZAUBERND UNVERBINDLICH FLIRTEN! DOCH NUN ?
NUN KANN ER NUR NOCH SCHLUCKEN UND ZITTERN. ALETA, DEREN RIPPEN SCHMERZEN, ALS SIE AN DIE RÜSTUNG GEDRÜCKT WIRD, UND DIE SICH VORKOMMT WIE EIN STÜCK KÄSE AUF DER REIBE, IST ZUFRIEDEN.
IN DER ABENDDÄMMERUNG ZOLLEN SIE EINEM GROSSEN TYRANNEN AN SEINEM THRON TRIBUT... UND VERGESSEN DABEI GANZ, EINEM MONARCHEN NAMENS ARTHUR BERICHT ZU ERSTATTEN.
UNTER GROSSEM GESCHREI WIRD PRINZ ARN IN DER GROSSEN WIEGE, DIE VON RAUHEN KRIEGERHÄNDEN LIEBEVOLL GESCHNITZT WURDE, ZU BETT GEBRACHT.
HAL FOSTER
DANN ERZÄHLT ALETA ZIEMLICH ATEMLOS VON DEN TATEN IHRES WUNDERBAREN SOHNES. DIE LAUTE WELT ENTSCHWINDET IN WEITE FERNE. DER HIMMEL IST IHNEN SEHR NAH, ALS ES NACHT WIRD...

Prinz Eisenherz
Aus den Tagen König Arthurs
PRINZ ARN SIEHT DIE GESCHICHTE SO: "WENN MEIN VATER MIT ANDEREN RITTERN ZU MÄNNERARBEIT FORTREITET, IST MAMI IMMER SEHR FRÖHLICH UND WINKT, BIS ER HINTER DEN FERNEN HÜGELN VERSCHWINDET."
"DANN STEHT MAMI STUNDENLANG AM FENSTER UND STARRT AUF DIE STRASSE, AUF DER ER ZURÜCKKEHREN WIRD. DIE HÜBSCHE FARBE IST AUS IHREN WEICHEN WANGEN GEWICHEN, UND SIE BEKOMMT RINGE UNTER DEN AUGEN. ABER ZU MIR IST SIE GANZ LIEB!"
"DANN KOMMT ER WIEDER, UND MAMI SCHWIRRT UMHER WIE EINER DIESER BUNTEN SCHMETTERLINGE IM SCHLOSSGARTEN."
"ER ERZÄHLT IHR VON SEINEN ABENTEUERN. SIE SITZT AUF SEINEM KNIE UND SCHAUT IHM INS GESICHT. ABER ICH GLAUBE, SIE HÖRT NICHT VIEL VON DEM, WAS ER SAGT."
"UND MICH VERNACHLÄSSIGEN SIE!"
"MICH STECKEN SIE INS BETT UND SAGEN MIR, ICH SOLL SCHLAFEN! MICH! HÖCHSTE ZEIT, DASS ICH IHNEN ZEIGE, WER HIER WAS ZU SAGEN HAT!"
"ALSO LEGE ICH MICH MÄCHTIG INS ZEUG, UND SIE SUCHEN ALLES MÖGLICHE, WOVON SIE MEINEN, ES KÖNNTE MICH BERUHIGEN. ABER DEN BEIDEN ERTEILE ICH EINE LEKTION!"
COPR. 1948, KING FEATURES SYNDICATE, Inc., WORLD RIGHTS RESERVED.
"UND STELLEN SIE SICH BLOSS VOR, WAS DA DIESE FRAU GEMACHT HAT! SIE HAT MIR EINEN KLAPS GEGEBEN!"
HAL FOSTER
"WENN MEIN VATER ERST EINMAL MEINE SPRACHE VERSTEHEN LERNT, BEABSICHTIGE ICH, IHN VOR DIESER FRAU ZU WARNEN!"
616 11-28-48

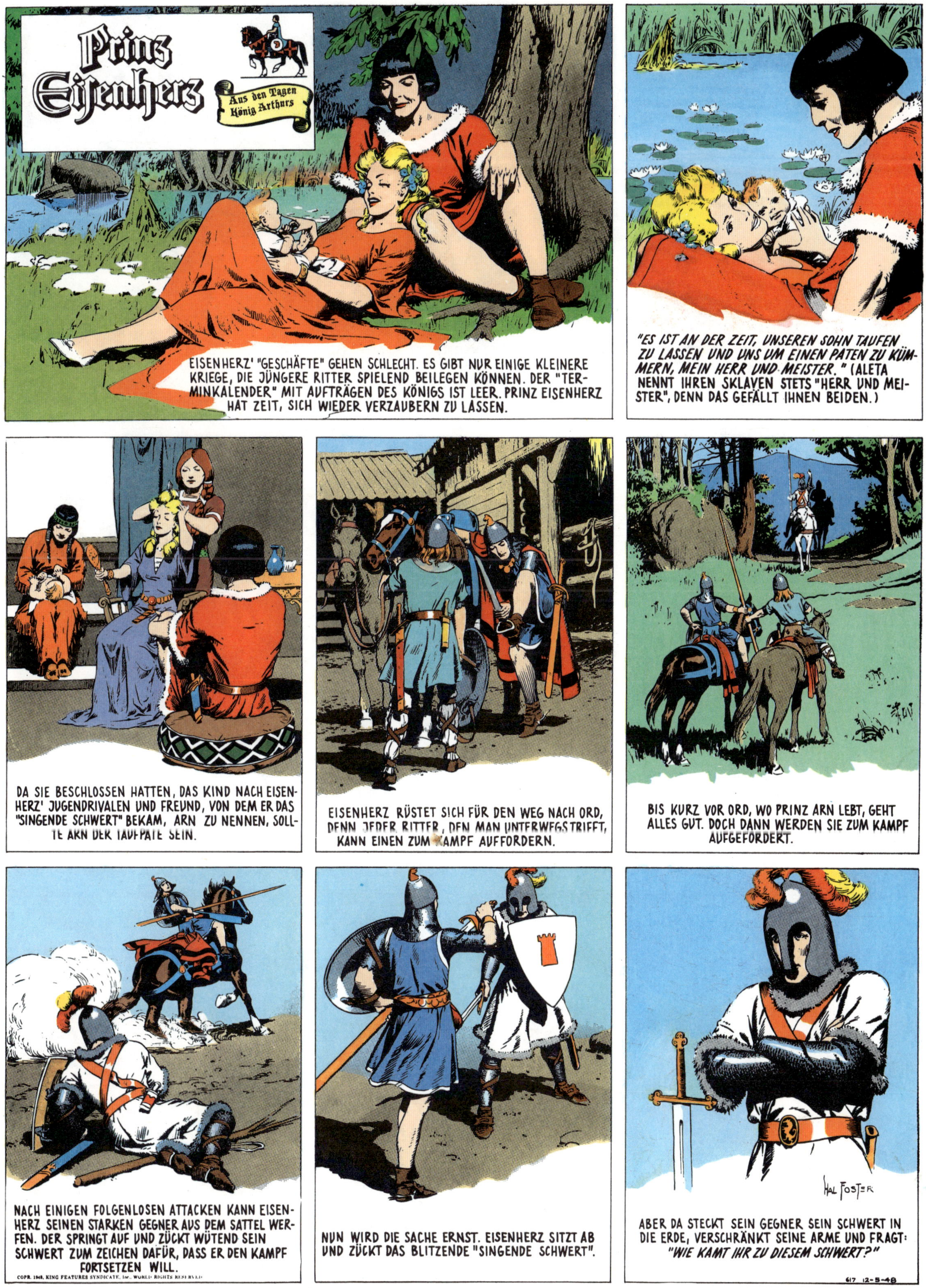
Prinz Eisenherz
Aus den Tagen König Arthurs
EISENHERZ' "GESCHÄFTE" GEHEN SCHLECHT. ES GIBT NUR EINIGE KLEINERE KRIEGE, DIE JÜNGERE RITTER SPIELEND BEILEGEN KÖNNEN. DER "TERMINKALENDER" MIT AUFTRÄGEN DES KÖNIGS IST LEER. PRINZ EISENHERZ HAT ZEIT, SICH WIEDER VERZAUBERN ZU LASSEN.
"ES IST AN DER ZEIT, UNSEREN SOHN TAUFEN ZU LASSEN UND UNS UM EINEN PATEN ZU KÜMMERN, MEIN HERR UND MEISTER." (ALETA NENNT IHREN SKLAVEN STETS "HERR UND MEISTER", DENN DAS GEFÄLLT IHNEN BEIDEN.)
DA SIE BESCHLOSSEN HATTEN, DAS KIND NACH EISENHERZ' JUGENDRIVALEN UND FREUND, VON DEM ER DAS "SINGENDE SCHWERT" BEKAM, ARN ZU NENNEN, SOLLTE ARN DER TAUFPATE SEIN.
EISENHERZ RÜSTET SICH FÜR DEN WEG NACH ORD, DENN JEDER RITTER, DEN MAN UNTERWEGS TRIFFT, KANN EINEN ZUM KAMPF AUFFORDERN.
BIS KURZ VOR ORD, WO PRINZ ARN LEBT, GEHT ALLES GUT. DOCH DANN WERDEN SIE ZUM KAMPF AUFGEFORDERT.
NACH EINIGEN FOLGENLOSEN ATTACKEN KANN EISENHERZ SEINEN STARKEN GEGNER AUS DEM SATTEL WERFEN. DER SPRINGT AUF UND ZÜCKT WÜTEND SEIN SCHWERT ZUM ZEICHEN DAFÜR, DASS ER DEN KAMPF FORTSETZEN WILL.
COPR. 1948, KING FEATURES SYNDICATE, Inc., WORLD RIGHTS RESERVED
NUN WIRD DIE SACHE ERNST. EISENHERZ SITZT AB UND ZÜCKT DAS BLITZENDE "SINGENDE SCHWERT".
HAL FOSTER
ABER DA STECKT SEIN GEGNER SEIN SCHWERT IN DIE ERDE, VERSCHRÄNKT SEINE ARME UND FRAGT: "WIE KAMT IHR ZU DIESEM SCHWERT?"
617 12-5-48

Prinz Eisenherz
Aus den Tagen König Arthurs
®
PRINZ EISENHERZ REITET NACH ORD, UM SEINEN JUGENDFREUND ARN ZU BITTEN, TAUFPATE DES KLEINEN PRINZEN ARN ZU WERDEN. UNTERWEGS FORDERT IHN EIN RITTER ZUM KAMPF, KÄMPFT ABER NICHT, ALS ER DAS "SINGENDE SCHWERT" SIEHT.
ER WILL WISSEN, WOHER EISENHERZ DAS SCHWERT HAT.
DOCH IN EISENHERZ IST KAMPFESLUST GEWECKT, UND SEIN SINN STEHT NICHT NACH WORTGEFECHTEN. "DER BESITZ DIESER KLINGE STEHT HIER NICHT ZUR DEBATTE. WENN IHR MANNS GENUG SEID, SO HOLT SIE EUCH!"
"DAS HÖRT SICH GANZ NACH EINEM GEWISSEN BRUDER LEICHTSINN AN, DEN ICH MAL KANNTE", SAGT DER GROSSE JÜNGLING, ALS ER SEINEN HELM ABNIMMT.
"ARN!" RUFT EISENHERZ. "EISENHERZ!" RUFT ARN.
"ICH ERKANNTE DICH NICHT, BIS ICH DAS 'SINGENDE SCHWERT' SAH. KOMM, REITEN WIR NACH ORD. WIR HABEN VIEL ZU BEREDEN!"
EISENHERZ KOMMT ZUM ERSTEN MAL NACH ORD. DER KÖNIG WOHNT IN EINEM BEHAGLICHEN, BEFESTIGTEN PALAST, DEN DIE RÖMER BAUTEN, ALS SIE BRITANNIEN BESETZT HIELTEN.
MIT BOHRENDEM BLICK STARRT DER ALTE KÖNIG AUF DAS "SINGENDE SCHWERT". DANN SAGT ER ZU EISENHERZ: "ICH TRUG DIESE KLINGE IN MEINER JUGEND. ALS MIR DAS ALTER DIE KRAFT NAHM, VERTRAUTE ICH SIE DER OBHUT MEINES SOHNES ARN AN."
"ICH MACHTE IHM BITTERE VORWÜRFE, ALS ER SIE EUCH SCHENKTE!"
HAL FOSTER
"DOCH ICH HABE DIE GESCHICHTE EURER TATEN MIT DEM ZAUBERSCHWERT VERFOLGT UND BIN ZUFRIEDEN!"
618 12-12-48

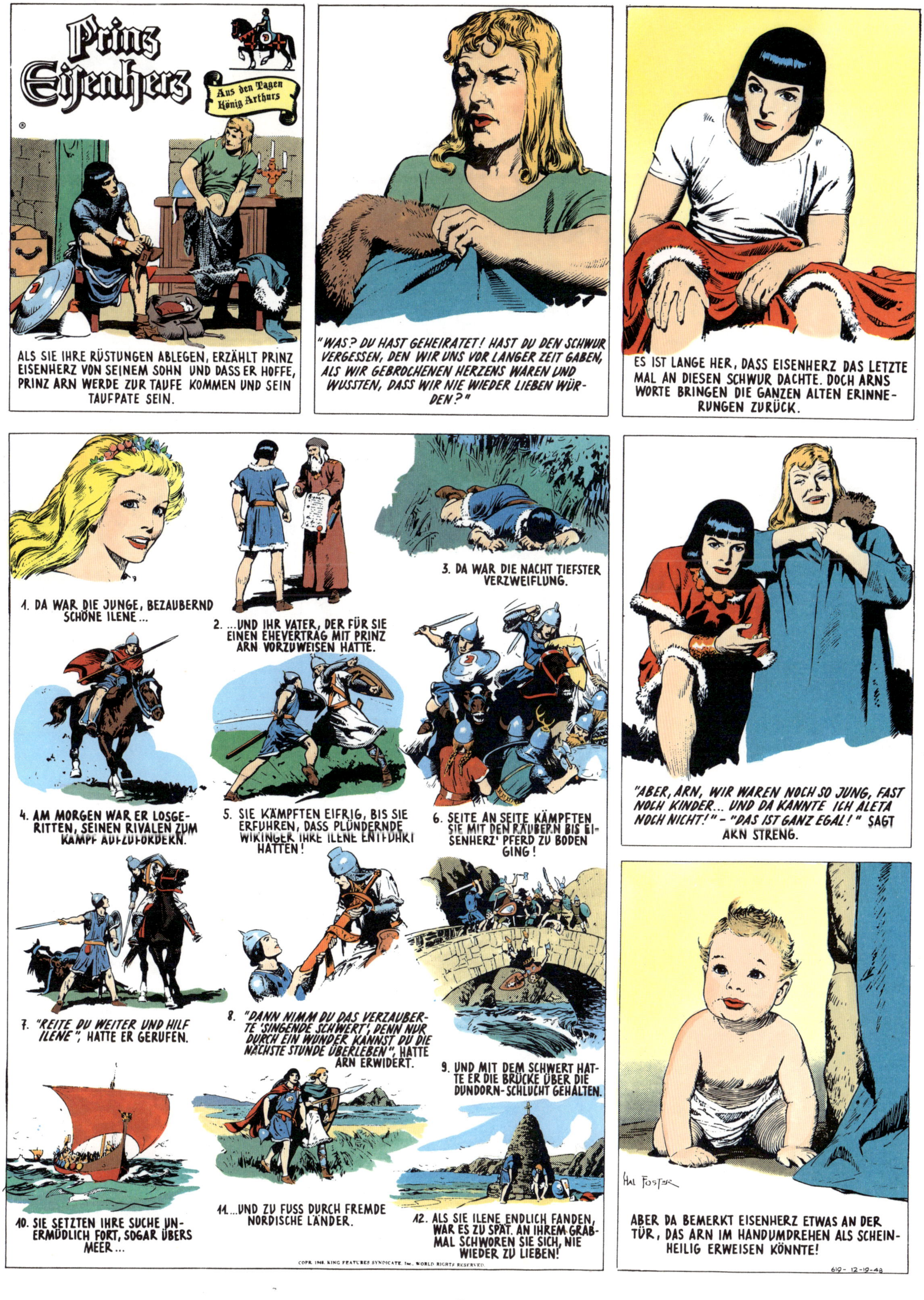

Prinz Eisenherz
Aus den Tagen König Arthurs
®
ALS SIE IHRE RÜSTUNGEN ABLEGEN, ERZÄHLT PRINZ EISENHERZ VON SEINEM SOHN UND DASS ER HOFFE, PRINZ ARN WERDE ZUR TAUFE KOMMEN UND SEIN TAUFPATE SEIN.
"WAS? DU HAST GEHEIRATET! HAST DU DEN SCHWUR VERGESSEN, DEN WIR UNS VOR LANGER ZEIT GABEN, ALS WIR GEBROCHENEN HERZENS WAREN UND WUSSTEN, DASS WIR NIE WIEDER LIEBEN WÜR-DEN?"
ES IST LANGE HER, DASS EISENHERZ DAS LETZTE MAL AN DIESEN SCHWUR DACHTE. DOCH ARNS WORTE BRINGEN DIE GANZEN ALTEN ERINNE-RUNGEN ZURÜCK.
1. DA WAR DIE JUNGE, BEZAUBERND SCHÖNE ILENE ...
2. ...UND IHR VATER, DER FÜR SIE EINEN EHEVERTRAG MIT PRINZ ARN VORZUWEISEN HATTE.
3. DA WAR DIE NACHT TIEFSTER VERZWEIFLUNG.
4. AM MORGEN WAR ER LOSGE-RITTEN, SEINEN RIVALEN ZUM KAMPF AUFZUFORDERN.
5. SIE KÄMPFTEN EIFRIG, BIS SIE ERFUHREN, DASS PLÜNDERNDE WIKINGER IHRE ILENE ENTFÜHRT HATTEN!
6. SEITE AN SEITE KÄMPFTEN SIE MIT DEN RÄUBERN BIS EI-SENHERZ' PFERD ZU BODEN GING!
7. "REITE DU WEITER UND HILF ILENE", HATTE ER GERUFEN.
8. "DANN NIMM DU DAS VERZAUBER-TE 'SINGENDE SCHWERT', DENN NUR DURCH EIN WUNDER KANNST DU DIE NÄCHSTE STUNDE ÜBERLEBEN", HATTE ARN ERWIDERT.
9. UND MIT DEM SCHWERT HAT-TE ER DIE BRÜCKE ÜBER DIE DUNDORN-SCHLUCHT GEHALTEN.
10. SIE SETZTEN IHRE SUCHE UN-ERMÜDLICH FORT, SOGAR ÜBERS MEER ...
11. ...UND ZU FUSS DURCH FREMDE NORDISCHE LÄNDER.
12. ALS SIE ILENE ENDLICH FANDEN, WAR ES ZU SPÄT. AN IHREM GRAB-MAL SCHWOREN SIE SICH, NIE WIEDER ZU LIEBEN!
COPR. 1948, KING FEATURES SYNDICATE, Inc., WORLD RIGHTS RESERVED.
"ABER, ARN, WIR WAREN NOCH SO JUNG, FAST NOCH KINDER... UND DA KANNTE ICH ALETA NOCH NICHT!" - "DAS IST GANZ EGAL!" SAGT ARN STRENG.
HAL FOSTER
ABER DA BEMERKT EISENHERZ ETWAS AN DER TÜR, DAS ARN IM HANDUMDREHEN ALS SCHEIN-HEILIG ERWEISEN KÖNNTE!
619 - 12-19-48

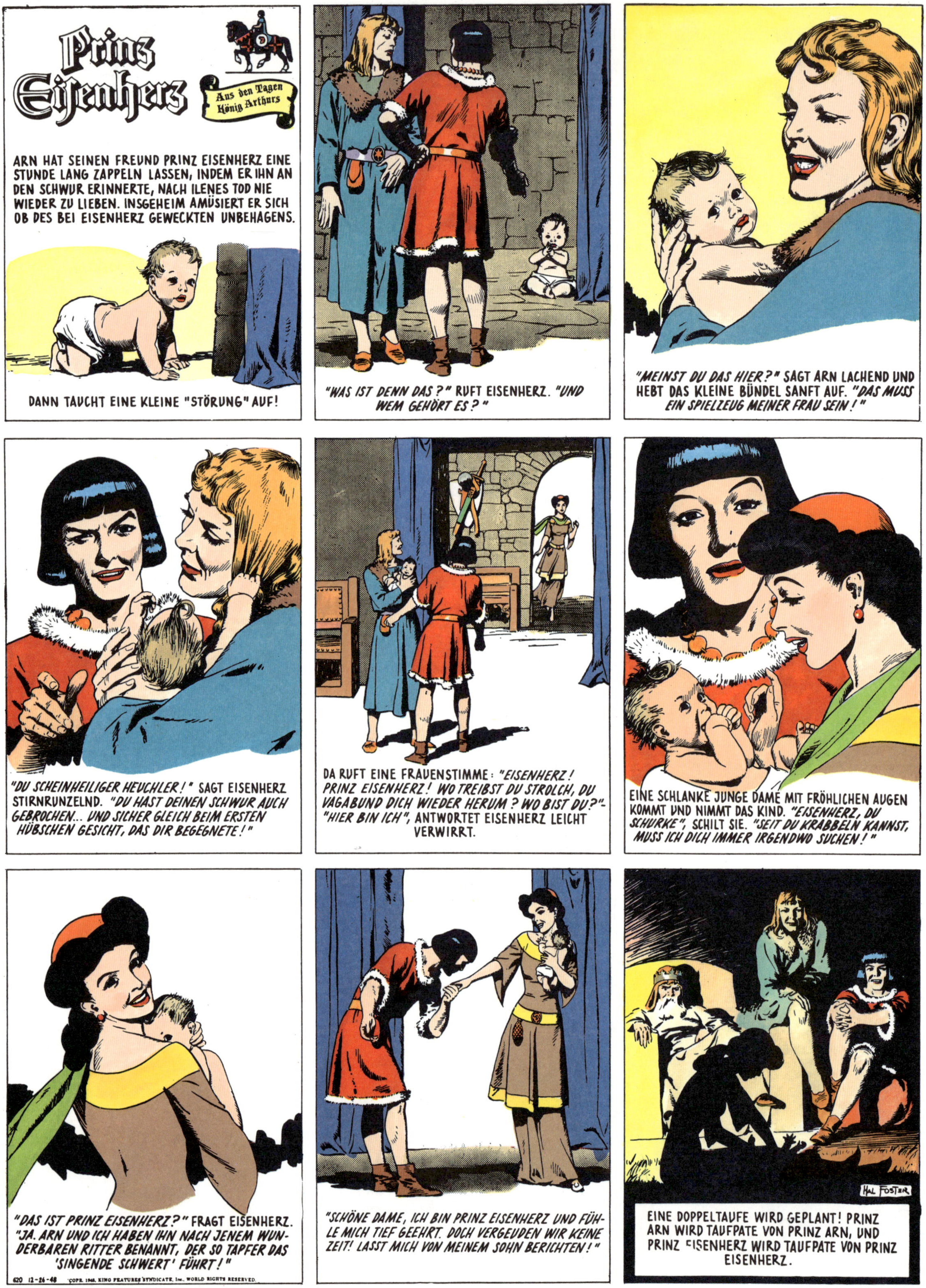
Prinz Eisenherz
Aus den Tagen König Arthurs
ARN HAT SEINEN FREUND PRINZ EISENHERZ EINE STUNDE LANG ZAPPELN LASSEN, INDEM ER IHN AN DEN SCHWUR ERINNERTE, NACH ILENES TOD NIE WIEDER ZU LIEBEN. INSGEHEIM AMÜSIERT ER SICH OB DES BEI EISENHERZ GEWECKTEN UNBEHAGENS.
DANN TAUCHT EINE KLEINE "STÖRUNG" AUF!
"WAS IST DENN DAS?" RUFT EISENHERZ. "UND WEM GEHÖRT ES?"
"MEINST DU DAS HIER?" SAGT ARN LACHEND UND HEBT DAS KLEINE BÜNDEL SANFT AUF. "DAS MUSS EIN SPIELZEUG MEINER FRAU SEIN!"
"DU SCHEINHEILIGER HEUCHLER!" SAGT EISENHERZ STIRNRUNZELND. "DU HAST DEINEN SCHWUR AUCH GEBROCHEN... UND SICHER GLEICH BEIM ERSTEN HÜBSCHEN GESICHT, DAS DIR BEGEGNETE!"
DA RUFT EINE FRAUENSTIMME: "EISENHERZ! PRINZ EISENHERZ! WO TREIBST DU STROLCH, DU VAGABUND DICH WIEDER HERUM? WO BIST DU?"- "HIER BIN ICH", ANTWORTET EISENHERZ LEICHT VERWIRRT.
EINE SCHLANKE JUNGE DAME MIT FRÖHLICHEN AUGEN KOMMT UND NIMMT DAS KIND. "EISENHERZ, DU SCHURKE", SCHILT SIE. "SEIT DU KRABBELN KANNST, MUSS ICH DICH IMMER IRGENDWO SUCHEN!"
"DAS IST PRINZ EISENHERZ?" FRAGT EISENHERZ. "JA. ARN UND ICH HABEN IHN NACH JENEM WUNDERBAREN RITTER BENANNT, DER SO TAPFER DAS 'SINGENDE SCHWERT' FÜHRT!"
620 12-26-48
COPR. 1948, KING FEATURES SYNDICATE, Inc., WORLD RIGHTS RESERVED.
"SCHÖNE DAME, ICH BIN PRINZ EISENHERZ UND FÜHLE MICH TIEF GEEHRT. DOCH VERGEUDEN WIR KEINE ZEIT! LASST MICH VON MEINEM SOHN BERICHTEN!"
HAL FOSTER
EINE DOPPELTAUFE WIRD GEPLANT! PRINZ ARN WIRD TAUFPATE VON PRINZ ARN, UND PRINZ EISENHERZ WIRD TAUFPATE VON PRINZ EISENHERZ.

Prinz Eisenherz
Aus den Tagen König Arthurs
DIE PLÄNE FÜR DIE DOPPELTAUFE IN CAMELOT SCHLIESSEN AUCH EINE ABREISE AM FRÜHEN MORGEN EIN. SCHON VOR SONNENAUFGANG WARTEN PRINZ EISENHERZ UND ARN AUF LADY LINET, DIE NOCH NICHT GANZ FERTIG IST. SIE GENEHMIGEN SICH EINEN TRUNK ZUM AUFWÄRMEN.
EINIGE STUNDEN UND MEHRERE BECHER SPÄTER WARTEN SIE IMMER NOCH. "FRAUEN", SAGT ARN AUS LANGER ERFAHRUNG, "HABEN KEIN ZEITGEFÜHL!" - "ICH WEISS, WAS DU MEINST", SAGT EISENHERZ ERNST. "ANFANGS HATTE ICH DA MIT MEINER FRAU AUCH PROBLEME, BIS SICH MEINE AUTORITÄT DURCHSETZTE!"
DANN KOMMT LINET DIE STUFEN HERABGETRIPPELT. "KOMMT, JUNGS! SEID IHR DENN NOCH NICHT FERTIG? NEHMT EURE SACHEN, WIR MÜSSEN UNS SPUTEN!"
"WEISST DU, EISENHERZ, FRAUEN SIND NOCH ETWAS PRIMITIV. SO IN ZWEIHUNDERT JAHREN WERDEN SIE WOHL AUSGEREIFTER SEIN, WENIGER NERVEN... UND MEHR WIE WIR WERDEN..." EIN SCHREI UNTERBRICHT ARNS GELEHRTE AUSFÜHRUNGEN.
SIE DURCHQUEREN EINEN BACH AN EINER FURT. DIE PFERDESÄNFTE MIT LINET UND DEM BABY HÄNGT ETWAS TIEF - UND DAS WASSER IST KALT.
"ARN, ICH GLAUBE FAST, DU MACHST DAS ABSICHTLICH!" STELLT LINET FEST. "MIT VAGABUNDEN, HEXEN, RIESEN UND RÄUBERN HABE ICH KEINERLEI ÄRGER. ABER REISE ICH MIT DIR, ERTRINKE ICH BEINAHE!"
COPR. 1948, KING FEATURES SYNDICATE, Inc., WORLD RIGHTS RESERVED.
DANN STREICHT SIE IHM ÜBER DIE WANGE UND KÜSST IHN. "ACH, LIEBSTER, SCHAU DOCH NICHT SO UNGLÜCKLICH DREIN. ICH BIN ZÄH UND LEBE WOHL TROTZ DEINER TOLPATSCHIGKEIT RECHT LANGE!"
HAL FOSTER
ARN STEIGT WIEDER AUFS PFERD. ALS SIE WEITERREITEN, SEUFZT ER: "ACH, EISENHERZ, ICH WÜNSCHTE, ICH WÜSSTE SO VIEL ÜBER FRAUEN WIE DU!" EISENHERZ ÖFFNET DEN MUND, UM ETWAS ZU SAGEN, LÄSST IHN EINEN MOMENT OFFEN UND SCHLIESST IHN DANN WIEDER.
621 1-2

Prinz Eisenherz
Aus den Tagen König Arthurs
PRINZ EISENHERZ KOMMT FRÖHLICH IN CAMELOT AN. SEIN FREUND PRINZ ARN WIRD PATE DES KLEINEN ARN, UND ER WIRD PATE VON ARNS SOHN EISENHERZ.
LINET UND ALETA GERATEN OB DES BABYS DER JEWEILS ANDEREN SCHIER IN VERZÜCKUNG. *"SCHAU DIR NUR DIE SÜSSEN SCHÄTZE AN"*, BEMERKT ARN EINFÄLTIG. *"SIE SCHWATZEN WIE DIE SPATZEN UND HABEN NICHTS IN IHREN NIEDLICHEN KÖPFEN!"* ARMER ARN, ER WIRD NIE DAHINTERKOMMEN, DASS SCHWATZENDE FRAUEN IN FÜNF MINUTEN MEHR ÜBER EINANDER IN ERFAHRUNG BRINGEN ALS IHRE EHEGATTEN IM LAUFE EINES GANZEN LEBENS!
EISENHERZ GEHT MIT SEINEM FREUND ZUM ÜBUNGSHOF, WO SIE RITTER GAWAIN UND DEN JUNGEN ARUNDEL TREFFEN... MIT DEM ÜBLICHEN ERGEBNIS...
MINUTEN SPÄTER HABEN SIE ÜBUNGSRÜSTUNGEN ANGELEGT UND SIND BEMÜHT, EINIGE WETTEN ZU GEWINNEN.
DOCH ARN HAT IN LETZTER ZEIT DAS TRAINING VERNACHLÄSSIGT. ER GEHT ZU BODEN, UND EISENHERZ IST PARTNERLOS.
WORAUFHIN IHN SEINE GEGNER FREUDIG GRÜN UND BLAU SCHLAGEN!
ES IST ALLES GUTER, FAIRER MÄNNERSPASS. KEINER TRÄGT VERLETZUNGEN DAVON, DIE NICHT IN EINIGEN WOCHEN VERHEILT SIND. ABER...
COPR. 1949, KING FEATURES SYNDICATE, I..., WORLD RIGHTS RESERVED.
HAL FOSTER
...IN DER ZWISCHENZEIT GEHEN DIE SCHWATZENDEN FRAUEN ZU KÖNIG ARTHUR, UM ZU ERWIRKEN, DASS DIE TAUFE IHRER BEIDEN KINDER EIN GROSSES FEST WIRD.
622 1-9

Prinz Eisenherz
Aus den Tagen König Arthurs
LINET LENKT KÖNIGIN GINEVRA AB, INDEM SIE SIE MIT IHREM BABY SPIELEN LÄSST, WÄHREND SICH ALETA DEN KÖNIG VORNIMMT. SIE RINGT IHM DAS VERSPRECHEN AB, DIE DOPPELTAUFE ZU EINEM NATIONALEN EREIGNIS ZU MACHEN!
DER ERZBISCHOF STELLT EIN GRÖSSERES PROBLEM DAR. ER ARGUMENTIERT, DASS DAMIT EIN UNLIEBSAMER PRÄZEDENZFALL GESCHAFFEN WERDEN KÖNNTE. ER KANN NUR DIE WICHTIGSTEN KINDER PERSÖNLICH TAUFEN... ABER DAS HÄTTE ER BESSER NICHT GESAGT.
DENN ER WIRD RASCH IN KENNTNIS GESETZT, DASS DIES DIE WICHTIGSTEN KINDER SIND. ER ERFÄHRT AUCH, WESHALB UND WARUM! SCHLIESSLICH GIBT ER NACH, DAMIT ES IN CAMELOT WIEDER RUHE UND FRIEDEN GIBT.
HAL FOSTER
LINET UND ALETA SIND MIT DER TAUFZEREMONIE ÄUSSERST ZUFRIEDEN, SCHLIESSLICH STEHT SIE IHREN KINDERN ZU. DER KÖNIG UND DIE KÖNIGIN SIND MIT DEM GANZEN HOFSTAAT DABEI, EBENSO DIE RITTER DER TAFELRUNDE MIT IHREN FRAUEN SOWIE ALLE WENIGER BEDEUTENDEN RITTER UND ADLIGEN, DIE NOCH PLATZ FINDEN. EISENHERZ UND ARN SIND SEHR NERVÖS, ABER NICHT UNGESCHICKTER ALS SONST. UND DIE BEIDEN BABYS SCHRIEN NOCH NIE LAUTER!
623 1-16-49

Prinz Eisenherz
Aus den Tagen König Arthurs
DIE TAUFE IST EIN GROSSER ERFOLG, EIN HÖHEPUNKT DES GESELLSCHAFTSLEBENS. ALETA UND LINET SIND SEHR ZUFRIEDEN, HABEN ABER RECHT WENIG VOM NACHFOLGENDEN FESTMAHL, DENN DIE AUFREGUNGEN HABEN IHRE BABYS SO VERSTÖRT, DASS SIE IMMER WIEDER INS KINDERZIMMER LAUFEN MÜSSEN, UM DIE SCHREIHÄLSE ZU BERUHIGEN.
ZUDEM TUN SICH IM OSTTURM, IN DEM SICH MERLINS WERKSTATT BEFINDET, MERKWÜRDIGE DINGE.
"GESTATTET, SIRE, DASS ICH DIE SACHE UNTERSUCHE", SAGT MERLIN BESORGT. "ICH HATTE EINEN KOLLEGEN ZAUBERER ZU BESUCH...
... ALS MICH EUER BOTE RIEF. ICH FÜRCHTE, ER HAT SEINE EXPERIMENTE ETWAS ZU WEIT GETRIEBEN!"
MERLIN HAT NUR ZU RECHT! IM BESTAUSGESTATTETEN LABOR DER WELT ALLEIN GELASSEN, IST OOM FOOYAT VERSUCHT, IN EXPERIMENTEN ZU SCHWELGEN!
IM BEREICH CHEMIE MISCHT ER EINE SÄURE ZUSAMMEN, DIE DEN STÖSSEL AUFLÖST UND SEINE FINGER VERÄTZT. DANN SUCHT ER SICH ANDERE VERSUCHSGEBIETE.
COPR. 1949, KING FEATURES SYNDICATE, Inc. WORLD RIGHTS RESERVED
IN EINEM BAND ÜBER OKKULTE BESCHWÖRUNGEN FINDET ER INTERESSANTE FORMELN UND SCHAFFT ES FAST, EINEN WANDELNDEN ALPTRAUM INS LEBEN ZU RUFEN!
HAL FOSTER
VERSTÖRT LEGT ER DAS BUCH BEISEITE. NEUGIERIG STÖBERT ER ABER WEITER UND FINDET EIN MERKWÜRDIGES GEFÄSS MIT SELTSAMEN SCHRIFTZEICHEN.
624 1-23-49

Prinz Eisenherz
Aus den Tagen König Arthurs
WÄHREND ALLE WELT BEI DER TAUFFEIER IST, VERGNÜGT SICH OOM FOOYAT ALLEIN IN MERLINS WERKSTATT INMITTEN DER ZAUBERTRÄNKE SEINES GASTGEBERS. ER FINDET EIN MERKWÜRDIGES GEFÄSS MIT CHINESISCHEN SCHRIFTZEICHEN.
AUS REIN WISSENSCHAFTLICHEM INTERESSE BEARBEITET ER DAS SIEGEL. SEIN CHEMISCHES EXPERIMENT LÄUFT NOCH IMMER WEITER. ES LÖST DEN STÖSSEL AUF, FRISST EIN LOCH IN DEN MÖRSER UND DEN TISCH UND TROPFT AUF DEN STUHL.
DAS SIEGEL GEHT AUF. OOM WANKT ZURÜCK UND SETZT SICH, ALS EIN UNGLAUBLICHER GESTANK DEN RAUM ERFÜLLT. INDESSEN WIRKT DIE SÄURE WEITER.
ER FINDET KEINEN STÖPSEL UND VERSCHLIESST DAS GEFÄSS DAHER MIT SEINEM FINGER. DIE SÄURE TROPFT AUF SEINE HAUT UND BRENNT!
ER SPÜRT, DASS ER DIE HILFE EINES GROSSEN ZAUBERERS BRAUCHT, DA IHN VON HINTEN EIN TEUFEL ZWACKT UND VOR IHM EIN STINKENDER FLASCHENGEIST AUS DEM GEFÄSS ENTWEICHEN WILL. ER RUFT MERLIN ZU HILFE!
MERLIN KOMMT. AN EINER ECKE LAUFEN SIE SICH IN DIE ARME. TROTZ DER LANGEN REISE AUS DEM FERNEN CHINA WIRKT DIE STINKBOMBE NOCH IMMER!
DAS BANKETT ENDET DAMIT, DASS DIE GÄSTE IN WALD UND WIESE DIESER HEIMSUCHUNG AUS DEM FERNEN OSTEN ZU ENTFLIEHEN VERSUCHEN.
MERLIN HINGEGEN LÄUFT ZUM FLUSS.
COPR. 1949, KING FEATURES SYNDICATE, INC., WORLD RIGHTS RESERVED
HAL FOSTER
ALS ER SEINE ÜBELRIECHENDEN KLEIDER IM SCHLAMM VERGRÄBT, FAUCHT ER SEINEN GAST AN: *"STINKER!"*
625 1-30-49

Prinz Eisenherz
Aus den Tagen König Arthurs
CAMELOTS OSTTURM MUSS GEREINIGT UND GELÜFTET WERDEN, DENN DER DUFT VON OOM FOOYATS ZAUBEREXPERIMENTEN HÄLT SICH BEHARRLICH.
MERLIN BETRACHTET DIE UNORDNUNG IN SEINER WERKSTATT, WOBEI SEINE ZUNEIGUNG FÜR SEINEN GAST EINEN NEUEN TIEFPUNKT ERREICHT.
OOM IST NUR EIN KLEINER ZAUBERER, ABER ER GIBT SICH GROSSE MÜHE. ER VERÄRGERT ALLE MIT EINEM ZAUBERSPRUCH, AUF DEN HIN SICH JEDER SCHNURRBART LINKS HOCHRINGELT.
AUCH SEINE NEUGIER IST LÄSTIG. ER SAGT ZWAR, DAS SEIEN UNTERSUCHUNGEN IM INTERESSE DER WISSENSCHAFT, FORDERT DAMIT ABER ZU WIDERSPRUCH HERAUS.
ALS DAHER EIN BOTE KÖNIG ARTHUR AUS EINEM FERNEN LEHEN, WO SCHWARZE MAGIE FÜR VIEL UNHEIL SORGT, EIN HILFEGESUCH BRINGT, ATMET ER ERLEICHTERT AUF.
DENN PRINZ EISENHERZ HAT SICH UNBELIEBT GEMACHT. BEI EINEM LEICHTSINNIGEN WETTKAMPF HAT ER EINEM BOTSCHAFTER EINIGE KNOCHEN GEBROCHEN...
UND RITTER GAWAIN HAT SICH BEI DER MUNTEREN FRAU DES BOTSCHAFTERS ZU BELIEBT GEMACHT. SOLCHE KLEINIGKEITEN KÖNNEN ZU KRIEGEN FÜHREN!
HAL FOSTER
UM IN CAMELOT FÜR RUHE ZU SORGEN, BITTET ER EISENHERZ UND GAWAIN, DIE SACHE ZU UNTERSUCHEN.
ER SCHLIESST MIT DEN WORTEN: "DA AUCH HEXEREI IM SPIEL IST, SOLL EUCH OOM FOOYAT ALS BERATER BEGLEITEN. ER IST JA EIN EXPERTE DES OKKULTEN!"
626 2-6-49

Prinz Eisenherz
Aus den Tagen König Arthurs
DREI MÄNNER SOLLEN IN EINEM FERNEN LEHEN ÄRGER MIT SCHWARZER MAGIE BEHEBEN: RITTER GAWAIN, DER NICHTS AUF ERDEN FÜRCHTET... AUSSER SCHWARZER MAGIE, OOM FOOYAT, DER EINEN ERFOLG BRAUCHEN KANN, UM ALS ZAUBERER INS GESCHÄFT ZU KOMMEN, UND PRINZ EISENHERZ, DER NUR SEINE BEIDEN GEFÄHRTEN FÜRCHTET.
ALETA IST NICHT BEGEISTERT. WENN EINE JUNGE FRAU EINEN STATTLICHEN EHEMANN HAT, WILL SIE IHN UM SICH HABEN UND NICHT AUF "GESCHÄFTSREISEN" WISSEN.
"SAG DEINEM ALTEN KÖNIG DOCH, ER SOLL WEN ANDEREN SCHICKEN! ICH WILL NICHT ALLEIN GELASSEN WERDEN." SIE HÄLT INNE. DENN IN SEINE DUNKLEN AUGEN KOMMT EIN FÜNKCHEN ZORN, UND SEIN MUND WIRD SCHMAL.
"STELLE DICH NIE ZWISCHEN EINEN RITTER DER TAFELRUNDE UND SEINE PFLICHT", SAGT ER SANFT. "UND LASS MEINE TASCHEN PACKEN." DANN SCHREITET ER AUS DEM ZIMMER UND LÄSST SIE LEICHT ERSCHÜTTERT UND VERÄNGSTIGT ZURÜCK!
IHR IST, ALS HABE DER SANFTE JUNGE, DEN SIE SO LEICHT UM DEN KLEINEN FINGER WICKELN KANN, EINE MASKE FALLEN LASSEN UND DEN UNERBITTLICHEN MANN MIT EISERNEM WILLEN ZUM VORSCHEIN KOMMEN LASSEN.
EIGENHÄNDIG PACKT SIE SEINE SATTELTASCHEN, DENN ES IST SO SCHÖN, EINMAL FOLGSAM ZU SEIN! SEIT ER SIE IN DEN FISCHTEICH WARF, HAT SIE IHN NICHT MEHR SO SEHR GELIEBT WIE EBEN JETZT!
DER TAPFERE RITTER GAWAIN TRIFFT SEINE REISEVORBEREITUNGEN MIT SORGENVOLLER MIENE! ER KANN DOCH NICHT GEGEN DAS GRAUEN DER UNTERWELT KÄMPFEN!
OOM FOOYAT HINGEGEN IST BEGEISTERT! ER PACKT IN SEINE TASCHE ZAUBERTRÄNKE, AMULETTE, FETISCHE, CHEMIKALIEN UND ALLERLEI ZAUBER-HOKUSPOKUS.
HAL FOSTER
UND EISENHERZ GEHT ZUM WEISEN MERLIN. DENN DIESER AUFTRAG KÖNNTE ANDERE WAFFEN ALS SCHWERT UND SPEER ERFORDERLICH MACHEN.
627 2-13-49

Prinz Eisenherz
Aus den Tagen König Arthurs
PRINZ EISENHERZ SUCHT BEI MERLIN RAT: "ICH MUSS INS FERNE WALES, WO ZAUBEREI FÜR UNRUHE SORGT UND DIE LEUTE GROSSE ANGST HABEN", SAGT ER. "EUER RAT KANN MIR MEHR HELFEN ALS EIN DUTZEND STARKER ARME!"
MERLINS AUGEN MUSTERN DAS RESOLUTE, JUNGE GESICHT. WAS ER DORT SIEHT, SCHEINT IHN ZU BEFRIEDIGEN. "ICH KENNE DICH, SEIT DU ALS JUNGE RITTER GAWAINS KNAPPE WURDEST. ICH VERTRAUE DIR EIN GROSSES GEHEIMNIS AN!"
DANACH WIRKT ER WUNDERSAMEN ZAUBER. AUF SEIN WORT HIN KOCHT WASSER, ER GREIFT GOLDMÜNZEN AUS DER LUFT UND BESCHWÖRT EINEN GEIST HERAUF...!
DANN ZEIGT ER SEINEM ERSTAUNTEN BESUCHER DAS GEHEIMNIS DIESER WUNDER. "MAGIE", SO ERLÄUTERT ER, "BESTEHT NUR AUS WISSENSCHAFTLICHEN TRICKS!"
"UND ZAUBERN IST DIE KUNST, JEMANDEM EINE IDEE, EINE ÜBERZEUGUNG EINZUREDEN, DIE DER ZAUBERER UNTER KONTROLLE HALTEN KANN. ES GIBT AUCH JENSEITS DES MATERIELLEN GROSSE MÄCHTE FÜR GUTES UND BÖSES. DOCH DARÜBER WAGE ICH NICHT ZU SPRECHEN."
"WOHLAN, EISENHERZ, VIEL GLÜCK! MÖGE EIN SCHNELLES AUGE DEN TRICK HINTER JEDER SCHWARZEN MAGIE ENTDECKEN, DIE DIR BEGEGNET!"
SIE VERLASSEN CAMELOT AN EINEM KALTEN MORGEN MIT WENIG BEGEISTERUNG. NUR OOM FOOYAT SCHEINT SICH AUF DIESEN AUFTRAG ZU FREUEN.
SIE KOMMEN NUR LANGSAM VORAN. DER DICKE, KLEINE ZAUBERER IST HILFLOSER ALS EIN KLEINES KIND UND MACHT DOPPELT SOVIEL ÄRGER.
HAL FOSTER
UND ER HÄLT SIE DIE HALBE NACHT WACH, INDEM ER BESCHWÖRUNGEN UND ZAUBERFORMELN ÜBT, DIE NIE ZU FUNKTIONIEREN SCHEINEN.
628 2-20-49

Prinz Eisenherz
Aus den Tagen König Arthurs
PRINZ EISENHERZ, RITTER GAWAIN UND DER LÄSTIGE ZAUBERER OOM FOOYAT TRETEN AN, UM IN EINEM FERNEN LEHENSGEBIET DIE MÄCHTE DER FINSTERNIS NIEDERZUKÄMPFEN. NUR EISENHERZ IST DURCH MERLINS RAT FÜR DIE AUFGABE GERÜSTET.
SIE ERREICHEN WALES, EIN HÜGELIGES LAND, DAS IN VIELE KÖNIGREICHE AUFGETEILT IST, DIE HÄUFIG DEN BESITZER WECHSELN, DA HIER RAUHE MENSCHEN LEBEN, FÜR DIE KRIEGE EINE ART VOLKSSPORT DARSTELLEN. MAN WEIST EISENHERZ UND SEINEN GEFÄHRTEN DEN WEG ZUR VERWUNSCHENEN BURG ILWYNDE, DIE JEDER KENNT UND MEIDET.
SIE BEREITEN IHR NACHTLAGER VOR, ALS PLÖTZLICH HUFSCHLAG DURCH DIE STILLE NACHTLUFT HALLT.
EIN JUNGER RITTER ZÜGELT SEIN SCHÄUMENDES ROSS. SEIN GESICHT IST LEICHENBLASS, SEINE AUGEN SIND ANGSTGEWEITET.
"FLIEHT! FLIEHT, WENN EUCH EUER LEBEN LIEB IST!" RUFT ER. "HEUTE HABE ICH ILWYNDE UND SCHRECKNISSE GESEHEN, WIE SIE NUR DER LEIBHAFTIGE HERVORBRINGEN KANN!"
"DENNOCH WERDEN WIR MORGEN LOSZIEHEN UND DIESE SCHRECKNISSE ALS SCHWINDEL ENTHÜLLEN", SAGT EISENHERZ RUHIG. "UND DU WIRST UNS WIE EIN RECHTER RITTER BEGLEITEN. DENN WIE ICH SEHE, HAST DU KEINE WUNDEN, SONDERN NUR DEN SCHRECKEN DAVONGETRAGEN!"
EIN UNSICHTBARER GEFÄHRTE BEGLEITET SIE AUF DEM WEG ZU IHREM ZIEL - DIE ANGST! NUR EISENHERZ' ENTSCHLOSSENHEIT TREIBT SIE VORAN. FOOYAT, DER IMMER NOCH SEINE BESCHWÖRUNGSFORMELN ÜBT, RUFT PLÖTZLICH: "SEHT! ICH HAB'S GESCHAFFT!"
HAL FOSTER
SIE BLICKEN IN DIE RICHTUNG, IN DIE ER WEIST. VON OBEN STARRT DAS ERSCHRECKEND WEISSE GESICHT EINES BÖSEN DÄMONS HERAB!
COPR 1949, KING FEATURES SYNDICATE, Inc., WORLD RIGHTS RESERVED 629 2-27-49

Prinz Eisenherz
Aus den Tagen König Arthurs
LANGSAM ENTZIEHT SICH DER GRÄSSLICHE DÄMON IHREN BLICKEN, WÄHREND OOM FOOYAT, DER DICKE, KLEINE ZAUBERER, IN DIE HÄNDE KLATSCHT UND VERGNÜGT QUIEKT: "ERFOLG! ERFOLG! ICH HABE EINEN DÄMON HERAUFBESCHWOREN!"
WÄHREND SEINE GEFÄHRTEN VOR SCHRECK WIE ERSTARRT SIND, KLETTERT EISENHERZ DIE FELSEN HINAUF. AUCH IHN HAT DIE ANGST GEPACKT! ABER ER MUSS AUF DIE PROBE STELLEN, WAS MERLIN IHM ERKLÄRT HAT!
VON DER GRÄSSLICHEN GESTALT IST NICHTS MEHR ZU SEHEN. IN EINIGER ENTFERNUNG SIEHT ER IN EINEM WÄLDCHEN EINE BAUERSFRAU, DIE REISIG SAMMELT.
"HAST DU HIER EINEN GEIST ODER EINEN DÄMON GESEHEN?" FRAGT ER.
"NEIN", ANTWORTET SIE. "DOCH ES GIBT HIER SEHR VIELE. SIE KOMMEN UND GEHEN UND TREIBEN IHRE OPFER DURCH IHRE SCHRECKEN IN DEN WAHNSINN. SIE TUN EINEM NICHTS, WENN MAN BEFOLGT, WAS SIE WOLLEN... AUCH WENN DAS NICHT IMMER LEICHT IST."
ALS ER SICH ZUM GEHEN WENDET, GEWAHRT EISENHERZ EIN BEKANNTES STÜCK STOFF, DAS IN EIN REISIGBÜNDEL GESTOPFT IST. EINE GROSSE LAST IST VON IHM GENOMMEN, DENN ER WEISS, DASS IN DEM BÜNDEL AUCH DIE MASKE DES GRAUENS STECKEN MUSS!
ALS ER ZURÜCKKEHRT UND DIE ANGSTERFÜLLTEN GESICHTER SEINER FREUNDE SIEHT, MUSS ER UNWILLKÜRLICH LOSLACHEN! OBWOHL ER KEINE ERKLÄRUNGEN ABGIBT, LÖST SICH DIE ANSPANNUNG... DENN WO GELACHT WIRD, KANN DIE FURCHT NICHT VERWEILEN!
SIE REITEN WEITER. ALLE SCHWEIGEN, NUR EINER REDET... DER ZAUBERER. "ICH HABE EINEN DÄMON HERAUFBESCHWOREN, NICHT?" BRABBELT ER. "BIN ICH NICHT EIN GROSSER ZAUBERER? MEIN ZAUBER WIRKT! ICH TUE NOCH GROSSE DINGE FÜR EUCH!"
HAL FOSTER
ALS SIE DAS NACHTLAGER AUFGESCHLAGEN HABEN, SAGT EISENHERZ: "MAN WEISS VON UNSERER ANWESENHEIT. WENN IHR UNHEIMLICHE SCHREIE HÖRT UND GRÄSSLICHE DÄMONEN SEHT, DANN WECKT MICH BITTE NICHT." DANN WICKELT ER SICH IN SEINEN MANTEL.
630 3-6-49

Prinz Eisenherz
Aus den Tagen König Arthurs
PRINZ EISENHERZ IST DER EINZIGE UNTER IHNEN, DER IN DIESER NACHT SCHLAF FINDET, DENN IRRES HEXENGELÄCHTER UND GRAUSIGES GEISTERGESCHREI HÄLT DIE ANDEREN SCHAUERND WACH.
DENNOCH REITEN SIE AM MORGEN WEITER. VON BAUERN ERFÄHRT EISENHERZ, DASS IM LETZTEN JAHR DIE GRAUENHAFTEN WESEN AUF BURG ILLWYNDE DAS LAND REGIERT HABEN, UND ZWAR GERECHT REGIERT HABEN, DA SICH AUS FURCHT KEINER IHREN ANORDNUNGEN WIDERSETZT.
EISENHERZ STEHT VOR EINEM RÄTSEL: DAS LEHENSGEBIET WIRD MIT ANGST REGIERT, ABER NICHT MIT GEWALT. WESHALB WIRD ANGST ANGEWANDT STATT EINER STARKEN HAND ?... GIBT ES ETWA KEINE STARKE HAND?
ENDLICH WERDEN SIE EINER ABWEISENDEN, GRIMMIGEN UND TOTENSTILLEN BURG ANSICHTIG..... ILLWYNDE. RITTER CADOR SCHAUDERT, ALS ER VON DEN SCHRECKEN ERZÄHLT, DIE ER HIER VOR ZWEI NÄCHTEN GESEHEN HAT.
KÜHN SCHREITET EISENHERZ ZUM TOR UND BLÄST IN EIN DORT HÄNGENDES HORN. ER IST AUF EINEN TRICK ODER ETWAS ERSCHRECKENDES GEFASST...
...ABER NICHT AUF DAS GRINSENDE GERIPPE, DAS IHN BEGRÜSST. ALS ER ZURÜCKWEICHT, SAGT EINE HOHLE STIMME: "GEH, DU NARR, ODER TRITT EIN UND WERDE WIE ICH!" DANN GEHT DAS TOR WIEDER ZU.
EISENHERZ IST STARK VERUNSICHERT UND MUSS SICH IMMER WIEDER MERLINS WORTE INS GEDÄCHTNIS RUFEN. ALS SIE DAS NACHTLAGER AUFSCHLAGEN, BEOBACHTET ER GENAU DIE SELTSAMEN WESEN AUF DEN BURGZINNEN.
HAL FOSTER
ALS DER MORGEN DÄMMERT, LÄSST ER SICH EINEN KLUMPEN LEHM, WEISSES TUCH, EIN WESPENNEST UND EINEN LANGEN STRICK BRINGEN.
COPR. 1949, KING FEATURES SYNDICATE, Inc., WORLD RIGHTS RESERVED. 631 3-13-49

Prinz Eisenherz
Aus den Tagen König Arthurs
DREI NÄCHTE ENDLOSEN GRAUENS HABEN DIE KLEINE GRUPPE ERSCHÖPFT. NUR DIE RUHE VON PRINZ EISENHERZ UND DIE BEGEISTERUNG VON OOM FOOYAT VERHINDERN EINE PANIK.
EISENHERZ HAT EINEN PLAN. ER WILL GRAUEN MIT GRAUEN BEKÄMPFEN. DAZU BENÖTIGT ER SELTSAME DINGE: EINEN STRICK, LEHM, EIN WESPENNEST, EIN WEISSES TUCH, EINE KERZE.
MIT DEM LEHM MODELLIERT EISENHERZ EIN GESICHT, WÄHREND RITTER GAWAIN EIN WESPENNEST BESORGT, WAS DEN BECHER SEINES MISSVERGNÜGENS ÜBERFLIESSEN LÄSST.
DAS PAPIERÄHNLICHE NESTMATERIAL WIRD IN MEHLKLEISTER EINGEWEICHT, AUF DEN LEHM AUFGETRAGEN, GETROCKNET UND ABGENOMMEN. EINE MASKE IST FERTIG!
DEN GANZEN TAG LANG WIRD EIFRIG GEBASTELT, UND NOCH EHE DIE SONNE UNTERGEHT, NIMMT EINE BEACHTLICHE HEXE GESTALT AN.
EISENHERZ NIMMT NUR DEN KLEINEN ZAUBERER ZUM TOR VON ILWYNDE MIT UND SCHLÄGT DAVOR MIT SEINEM SCHWERT AUF SEINEN SCHILD.
KNARREND ÖFFNET EINER DER GRÄSSLICHEN BEWOHNER EINEN FENSTERLADEN. "ICH HABE GESCHÄFTLICH MIT EUREM ANFÜHRER ZU REDEN", SAGT EISENHERZ HÖFLICH.
"IHR KÖNNT HIER NUR EINTRETEN, WENN IHR TOT SEID", KREISCHT DAS WESEN. DANN WIRD MIT IRREM GELÄCHTER DER FENSTERLADEN ZUGESCHLAGEN.
COPR. 1949, KING FEATURES SYNDICATE, Inc., WORLD RIGHTS RESERVED.
632
HAL FOSTER
"HÖRT GUT ZU!" RUFT EISENHERZ. "HEUTE NACHT ENTSENDE ICH EINEN SPION ZU EUCH. ER KOMMT FORTAN JEDE NACHT, BIS ICH WEISS, WAS ICH WISSEN WILL! DENN AUCH WIR SIND IM BESITZ SCHWARZER MAGIE!"
3-20

Prinz Eisenherz
Aus den Tagen König Arthurs
DEM GRÄSSLICHEN TORHÜTER VON BURG ILWYNDE RUFT PRINZ EISENHERZ ZU: "ÖFFNET IM NAMEN KÖNIG ARTHURS, SONST SCHICKT UNSER GROSSER ZAUBERER OOM FOOYAT EINEN SEINER GRAUSIGEN DIENER ZU EUCH!"
UND NUN MUSS ER SEINE DROHUNG WAHR MACHEN.
ALS ES DUNKEL WIRD, TUN EISENHERZ' GEFÄHRTEN AN EINEM GROSSEN LAGERFEUER GANZ GESCHÄFTIG, UM DIE BEOBACHTER DAVON ABZULENKEN, WAS EISENHERZ AN EINER ANDEREN STELLE DER MAUER TUT.
NACH VIELEN FEHLSCHLÄGEN GELINGT ES EISENHERZ ENDLICH, EIN ENDE DES STRICKS AN EINEM BURGFENSTER ZU VERANKERN.
AUF DEM HANG OBERHALB DER BURG BEREITEN EISENHERZ UND OOM FOOYAT IHREN SORGFÄLTIG KONSTRUIERTEN "DIENER" VOR
DIE KERZEN IN DER FIGUR AUS WEIDENGEFLECHT WERDEN ANGEZÜNDET, DANN SAUST SIE AN EINER ROLLE ZU VIEL LAUTEM GESCHREI DEN STRICK HINUNTER.
DIE BEOBACHTER AUF DEN MAUERN WENDEN SICH DEM DURCH DIE LUFT RASENDEN SCHRECKNIS ZU.
COPR. 1949, KING FEATURES SYNDICATE, Inc., WORLD RIGHTS RESERVED.
ES FLIEGT AUF EIN FENSTER ZU UND VERSCHWINDET IN EINER HELLEN FLAMME. ZURÜCK BLEIBEN NUR EIN VERKOHLTER BESEN UND EIN PFEIL.
HAL FOSTER
STILLE HERRSCHT JETZT AUF DER BURG, WÄHREND EISENHERZ DEN STRICK AUFROLLT. DENN NUN WEISS ER, DASS DIE GEISTER IN DER BURG EBENSO UNECHT SIND WIE DIE HEXE, DIE ER HINEINGESCHICKT HAT.
633
3-27-49

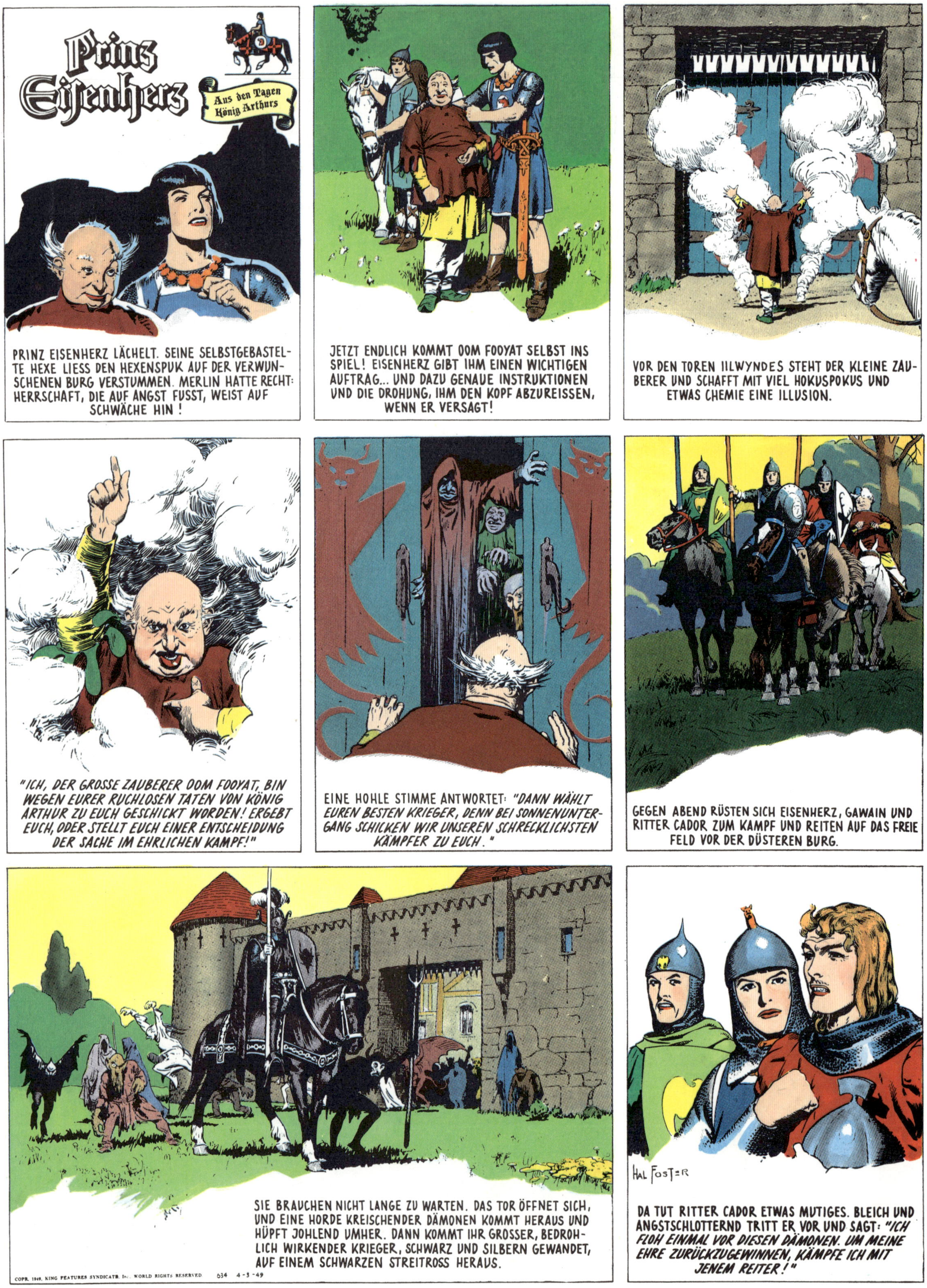

Prinz Eisenherz
Aus den Tagen König Arthurs
PRINZ EISENHERZ LÄCHELT. SEINE SELBSTGEBASTELTE HEXE LIESS DEN HEXENSPUK AUF DER VERWUNSCHENEN BURG VERSTUMMEN. MERLIN HATTE RECHT: HERRSCHAFT, DIE AUF ANGST FUSST, WEIST AUF SCHWÄCHE HIN!
JETZT ENDLICH KOMMT OOM FOOYAT SELBST INS SPIEL! EISENHERZ GIBT IHM EINEN WICHTIGEN AUFTRAG... UND DAZU GENAUE INSTRUKTIONEN UND DIE DROHUNG, IHM DEN KOPF ABZUREISSEN, WENN ER VERSAGT!
VOR DEN TOREN ILLWYNDES STEHT DER KLEINE ZAUBERER UND SCHAFFT MIT VIEL HOKUSPOKUS UND ETWAS CHEMIE EINE ILLUSION.
"ICH, DER GROSSE ZAUBERER OOM FOOYAT, BIN WEGEN EURER RUCHLOSEN TATEN VON KÖNIG ARTHUR ZU EUCH GESCHICKT WORDEN! ERGEBT EUCH, ODER STELLT EUCH EINER ENTSCHEIDUNG DER SACHE IM EHRLICHEN KAMPF!"
EINE HOHLE STIMME ANTWORTET: "DANN WÄHLT EUREN BESTEN KRIEGER, DENN BEI SONNENUNTERGANG SCHICKEN WIR UNSEREN SCHRECKLICHSTEN KÄMPFER ZU EUCH."
GEGEN ABEND RÜSTEN SICH EISENHERZ, GAWAIN UND RITTER CADOR ZUM KAMPF UND REITEN AUF DAS FREIE FELD VOR DER DÜSTEREN BURG.
SIE BRAUCHEN NICHT LANGE ZU WARTEN. DAS TOR ÖFFNET SICH, UND EINE HORDE KREISCHENDER DÄMONEN KOMMT HERAUS UND HÜPFT JOHLEND UMHER. DANN KOMMT IHR GROSSER, BEDROHLICH WIRKENDER KRIEGER, SCHWARZ UND SILBERN GEWANDET, AUF EINEM SCHWARZEN STREITROSS HERAUS.
COPR. 1949, KING FEATURES SYNDICATE, Inc., WORLD RIGHTS RESERVED 634 4-3-49
HAL FOSTER
DA TUT RITTER CADOR ETWAS MUTIGES. BLEICH UND ANGSTSCHLOTTERND TRITT ER VOR UND SAGT: "ICH FLOH EINMAL VOR DIESEN DÄMONEN. UM MEINE EHRE ZURÜCKZUGEWINNEN, KÄMPFE ICH MIT JENEM REITER!"

Prinz Eisenherz
Aus den Tagen König Arthurs
RITTER CADOR BEREITET SICH AUF DEN WAFFENGANG MIT SEINEM BEDROHLICH GROSSEN GEGNER VOR. ER UMFASST SEINE LANZE MIT ZITTERNDER HAND, DENN WIE JEDER IN JENER ZEIT GLAUBT ER AN HEXEN, UNGEHEUER, GEISTER UND DÄMONEN. ER BEZWEIFELT KEINEN AUGENBLICK, DASS ER ALS NORMAL STERBLICHER HIER GEGEN AUSGEBURTEN DER HÖLLE STREITET!
PRINZ EISENHERZ BEWUNDERT DEN TAPFEREN JÜNGLING, DER SEINE EIGENE ANGST BEZWINGT UND UM SEINER EHRE WILLEN EINEM GRAUENHAFTEN TODE TROTZT.
DAS SIGNAL ERTÖNT, UND SCHON RASEN GUT UND BÖSE AUFEINANDER ZU!
KURZ VOR DEM ZUSAMMENPRALL KLAPPT DAS VISIER DES SCHWARZEN RITTERS HOCH UND ENTHÜLLT EIN SO GRAUENHAFTES GESICHT, DAS MAN NICHT ANSEHEN KANN, OHNE UNWILLKÜRLICH ZU ERSCHRECKEN!
RITTER CADOR VERGISST GANZ, MIT DER LANZE ZU ZIELEN. DIE BLITZENDE LANZENSPITZE DES DÄMONS HINGEGEN TRIFFT VOLL SEINEN SCHILD...
...DENNOCH GEHT NICHT RITTER CADOR ZU BODEN! DIE WUCHT DES AUFPRALLS REISST DEN DÄMON AUS DEM SATTEL UND LÄSST IHN SCHWER AUF DIE ERDE KRACHEN!
HAL FOSTER
RITTER CADOR SPRINGT VOM PFERD, ZÜCKT SEIN SCHWERT UND FORDERT: *"IM NAMEN KÖNIG ARTHURS: ERGEBT EUCH!"*
AUS DEM SCHWARZEN HELM IST NUR DIE GEDÄMPFTE STIMME EINER WEINENDEN FRAU ZU VERNEHMEN!
COPR. 1949, KING FEATURES SYNDICATE, Inc. WORLD RIGHTS RESERVED. 635 4-10-49

Prinz Eisenherz
Aus den Tagen König Arthurs
ALS RITTER CADOR IN ARTHURS NAMEN DEN GESTÜRZTEN DÄMON AUFFORDERT, SICH ZU ERGEBEN, LIEGT DIESER NUR DA UND SCHLUCHZT WIE EIN MÜDES KIND!
VORSICHTIG ENTFERNT ER DEN HELM UND IST AUF EINEN FAULEN TRICK GEFASST.
ERST MEINT ER, DER DÄMON SEI IN STÜCKE ZERFALLEN... ER HAT INSOFERN RECHT, ALS DER DÄMONISCHE TEIL ABGEGANGEN IST.
DER VERBLEIBENDE GEGNER SETZT SICH AUF UND JAMMERT. *"ACH, DU GROBER, UNGEHOBELTER, HÄSSLICHER KLOTZ! WIE KANNST DU NUR EINE DAME ANGREIFEN? DU HAST MIR SÄMTLICHE KNOCHEN GEBROCHEN!"*
DER GROBE, UNGEHOBELTE, HÄSSLICHE KLOTZ HILFT IHR AUF UND ENTFERNT DIE LÄSTIGE RÜSTUNG. ERRÖTEND MERKT SIE, DASS IHRE DIAGNOSE FALSCH WAR. SIE BEFINDET SICH IN GUTER, JA IN BESTER VERFASSUNG!
EINE STATTLICHE HEXE GEHT AUF EISENHERZ ZU. *"WIE ICH SEHE, HABT IHR UNSER GEHEIMNIS GELÜFTET. WIR ERGEBEN UNS. WIR HABEN WENIG GRUND, ALS BESIEGTE VON EUCH GNADE ZU ERWARTEN."*
COPR. 1949, KING FEATURES SYNDICATE, Inc., WORLD RIGHTS RESERVED. 636 4-17-49
HAL FOSTER
EISENHERZ FÜHRT ALLE IN DIE BURG HINEIN, DAMIT DAS TOR NICHT WIEDER VOR IHNEN VERSCHLOSSEN WERDEN KANN. ALS DIE FALSCHEN HEXEN UND DÄMONEN IHRE KOSTÜME ABNEHMEN, MACHT ER EINE ÜBERRASCHENDE ENTDECKUNG. AUSSER EINIGEN ALTEN MÄNNERN SIND ALLES FRAUEN!

Prinz Eisenherz
Aus den Tagen König Arthurs
NACH RITTER CADORS SIEG ERGEBEN SICH DIE HEXEN VON ILLWYNDE UND WERDEN DEMASKIERT. SIE ERWEISEN SICH ALS NORMAL STERBLICHE FRAUEN. SIEGER UND BESIEGTE GEHEN INS RATSZIMMER.
"MEIN GEMAHL, KÖNIG WILDWYN, WAR EHRGEIZIG UND MACHTHUNGRIG UND MACHTE SICH VIELE FEINDE. ER ZOG EINES NACHTS MIT ALLEN MÄNNERN LOS, UM EINE NACHBARBURG ZU EROBERN. ABER DORT HATTE MAN DAVON ERFAHREN UND EINE FALLE VORBEREITET. ALLE WURDEN GETÖTET ODER GEFANGENGENOMMEN. WIR WAREN SCHUTZLOS."
"WIR WUSSTEN, UNSERE FEINDE WÜRDEN UNSER HILFLOSES LAND ÜBERFALLEN. BALD WAR ES AUCH SOWEIT."
"UNTER UNS WAR EINE ALTE FRAU, DIE SICH AUFS HERSTELLEN VON MEDIZIN AUS KRÄUTERN UND AUF ANDERE ZAUBERKÜNSTE VERSTEHT. SIE HATTE EINEN PLAN: 'WIR SIND NICHT STARK GENUG, UM SIE ZU VERTREIBEN. ABER WIR KÖNNTEN SIE VERSCHRECKEN!'"
"DIE WEHRANLAGEN WAREN STARK. ES WURDE NACHT, EHE DAS KRÄFTIGE TOR NACHGAB UND DER FEIND HEREINSTÜRMTE... UND INNEHIELT!"
"ABER NICHT LANGE. DENN WIR HATTEN EINE SO GRAUSIGE SZENERIE VORBEREITET, DASS SELBST UNS DABEI ANGST UND BANGE WURDE. IN WILDER PANIK LIEF DER FEIND DAVON. SEITHER HAT MAN UNS NICHT MEHR ANGEGRIFFEN."
"MAN ERZÄHLT NOCH IMMER VON DEM BÖSEN GEIST, DER OBEN AUS EINEM FENSTER SCHRIE: 'KOMMT ZURÜCK! DAS ESSEN IST FAST FERTIG!' DAS WAR UNSER GRÄSSLICHSTER DÄMON... MEINE TOCHTER GWYNN."
COPR. 1949, KING FEATURES SYNDICATE, Inc., WORLD RIGHTS RESERVED.
HAL FOSTER
RITTER CADOR BETRACHTET GWYNN. ES IST ZU BEZWEIFELN, OB ER DIESELBEN WORTE BENÜTZEN WÜRDE, UM SIE ZU BESCHREIBEN.
637 4-24-49

Prinz Eisenherz
Als den Tagen König Arthurs
®
DIE UNHEIMLICHE BURG ILLWYNDE ERGIBT SICH KÖNIG ARTHURS NAMEN. DIE DAMEN HÄNGEN DIE EINZIGEN VERTEIDIGUNGSWAFFEN AUF, DIE SIE HABEN. DIE SIEGER HABEN NOCH NICHT ENTSCHIEDEN, WAS MIT IHNEN GESCHIEHT.
UNTER DEN SIEGERN IST EINER, DER LAUT VON SEINEN TATEN PRAHLT UND DEN SIEG GANZ ALLEIN SICH ZUSCHREIBT- DER DICKE, KLEINE ZAUBERER OOM FOOYAT! UND WEN WÄHLT ER SICH ALS ZUHÖRERIN? KEINE GERINGERE ALS DIE HEXE WINNIE, DIE KRÄUTERTRÄNKLEIN UND MEDIZIN ZUSAMMENBRAUEN KANN.
ER ZEIGT IHR HERRLICHE ZAUBERKUNSTSTÜCKE MIT NUMERIERTEN PERGAMENTKARTEN UND SAGT DIE ZAUBERFORMEL: "NIMM EINE KARTE. IRGENDEINE KARTE."
WINNIE KENNT ÜBRIGENS AUCH EIN, ZWEI TRICKS. ETWA DEN, BEI DEM MAN ETWAS VOM TOPFINHALT IN DIE GLÜHENDE KOHLENPFANNE ÜBERSCHWAPPEN LÄSST...
...UND EINE DAMPFWOLKE ERZEUGT... DANN ROTES PULVER INS GESICHT, EIN PAAR FALSCHE AUGEN DAZU...
...UND WÄHREND SICH DER DAMPF VERZIEHT, ERSCHEINT EINE FRATZE!.. ABER DA WEISS SIE NOCH NICHT, DASS OOM EINE BESONDERE BEGABUNG HAT, SICH STETS PROBLEME AUFZUHALSEN.
ALS ER VOR DER ERSCHEINUNG ZURÜCKSPRINGT, REISST ER NATÜRLICH DAS HEISSE WASSER UND DIE KOHLENPFANNE MIT UND SCHÜTTET BEIDES ÜBER SICH.
COPR. 1949, KING FEATURES SYNDICATE, Inc., WORLD RIGHTS RESERVED.
DER ARME OOM SEUFZT. SO ETWAS PASSIERT IHM IMMER DANN, WENN ER SICH BESONDERS GLÜCKLICH FÜHLT. UND DANN WIRD ER AUSGELACHT. NA LOS, WINNIE, LACH SCHON!
HAL FOSTER
ABER WINNIE LACHT NICHT. SIE HATTE NOCH NIE JEMANDEN, DEN SIE HÄTSCHELN UND VERWÖHNEN KONNTE. DIESEN UNFÄHIGEN, TOTAL HILFLOSEN, TOTAL NUTZLOSEN MENSCHEN HAT IHR DER HIMMEL GESCHICKT. SIE WAR NOCH NIE SO GLÜCKLICH!
5-1

Prinz Eisenherz
Aus den Tagen König Arthurs
KOCHENDE SUPPE, EINE HEISSE FEUERSTELLE, EIN EIMER WASSER UND AMORS PFEIL TREFFEN OOM FOOYAT ALLE IM GLEICHEN AUGENBLICK. VON HEXE WINNIE GEPFLEGT, KÖNNTE ER EWIG KRANK BLEIBEN, WENN SIE NICHT ZU ARBEITEN HÄTTE.
DENN WINNIE IST DIE BURG-APOTHEKERIN, DIE FÜR MENSCH UND TIER KRÄUTERMEDIZIN BRAUT. OOM FOLGT IHR VÖLLIG ERGEBEN, GANZ WIE EIN STREUNENDER HUND, DER ZUM ERSTEN MAL IM LEBEN GESTREICHELT WORDEN IST.
SCHLIESSLICH KANN ER SEINE GLÜHENDE LEIDENSCHAFT NICHT MEHR BEZÄHMEN. "WERDE MEIN", BLÖKT ER. "GEMEINSAM KÖNNTEN WIR DIE TOLLSTEN ZAUBEREIEN MACHEN!"
DIE HEXE WINNIE BITTET IHRE HERRIN UM ERLAUBNIS. DIE HOCHZEIT FINDET NOCH AM SELBEN TAG STATT.
ZUNÄCHST SAGT OOM DIE HOCHZEITSLITANEI DER SKYTHEN AUF, DANN TRÄGT ER DIE ZEREMONIE VOR, DIE DAS BERGVOLK IN HEDONIEN BEVORZUGT. UM SICHERZUGEHEN, VOLLFÜHRT ER DANN EIN HOCHZEITSRITUAL, DAS MAN IN NIEDER-ALKIA SEHR SCHÄTZT, VERGISST DAVON DEN SCHLUSS UND FÜHRT STATT DESSEN EINEN AFRIKANISCHEN HOCHZEITSTANZ AUF. ZU GUTER LETZT STÖSST ER NOCH DEN BRUNFTSCHREI DES IRISCHEN ELCHS AUS.
UM WINNIES SINN FÜR ORDENTLICHKEIT ZU BEFRIEDIGEN, VERMÄHLT SIE KÖNIGIN WILDWYN NACH DAMALS GÄNGIGER WALISISCHER SITTE. UND SCHON IST OOM FOOYAT EIN EHEMANN.
ES HEISST, DIE GÖTTER DES OLYMP HÄTTEN OB DER LUSTIGEN ROMANZE DES DICKEN, HILFLOSEN, KLEINEN ZAUBERERS SCHALLEND GELACHT. ABER ALS SIE DAS ZUFRIEDENE LÄCHELN AUF DEM GESICHT DER HEXE WINNIE BEMERKTEN, WAREN SIE IRGENDWIE DOCH EIN WENIG NEIDISCH.
COPR. 1949, KING FEATURES SYNDICATE, Inc., WORLD RIGHTS RESERV
HAL FOSTER
RITTER GAWAIN UND EISENHERZ REITEN DURCH DAS LEHEN, UM SOLDATEN FÜR DIE BURG ZU WERBEN. VERGEBENS! NIEMAND WILL DIE BURG BETRETEN, WEIL JEDER GLAUBT, DORT HAUSE DER LEIBHAFTIGE!
639 5-8-49

FORTSETZUNG IM FÜNFZEHNTEN BAND

CARLSEN COMICS

Das bunte Programm

TIM UND STRUPPI

Tim, sein Hund Struppi, der immerzu fluchende Kapitän Haddock, die Detektive Schulze und Schultze, Professor Bienlein und die unnachahmliche Sängerin Castafiore – sie begeistern nun schon fast ein Menschenalter lang alle Leser „zwischen acht und achtzig"

Von Hergé.

ALFRED JODOCUS KWAK

Die große Comic-Serie nach der erfolgreichen Musikfabel von Herman van Veen!

Von Herman van Veen, Hans Bacher und Harald Siepermann.

GASTON

Mit seinen verrückten Einfällen und Erfindungen bringt der Bürobote Gaston die gesamte Belegschaft des Carlsen Verlages an den Rand des Wahnsinns. Gaston ist die größte Katastrophe, seit es Comics gibt.

Von André Franquin.

SPIROU UND FANTASIO

Nichts ist aufregender als ein Tag im Leben von Spirou und seinem Freund Fantasio. Dafür sorgt schon das Marsupilami, das gefleckte Wundertier mit dem unendlich langen Schwanz!

Von André Franquin und Jean-Claude Fournier.

SPIROU CLASSICS

Eine Liebhaberausgabe mit klassischen Spirou-Geschichten aus den 40er Jahren.

Von André Franquin.

DIE ABENTEUER DES MARSUPILAMIS

Der palumbianische Urwald, die Heimat des Marsupilamis, wurde noch von kaum einem Menschen betreten. Was das gelbe Wundertier mit dem neun Meter langen Schwanz hier erlebt, schildert diese neue Albumreihe.

Von Franquin, Greg und Batem.

CUBITUS

Cubitus, die gewichtige Hundepersönlichkeit, ist mit allen Wassern gewaschen, wenn es darum geht, seinen Herrn Bojenberg zur Verzweiflung zu bringen. Nur dem feisten Kater Paustian ist er nicht immer gewachsen...

Von Dupa.

YOKO TSUNO

Die japanische Elektronik-Spezialistin Yoko Tsuno und ihre Begleiter Vic und Knut erleben phantastische Abenteuer im Weltraum und auf der Erde.

Von Roger Leloup.

DER ROTE KORSAR

Schon sein Name bringt jeden Seemann der Sieben Weltmeere zum Erzittern. Zusammen mit seiner wilden Meute macht der Rote Korsar Jagd auf die Schätze von Edelleuten und Königen.

Von Jean-Michel Charlier und Victor Hubinon.

PERCY PICKWICK

Sehr „britisch" ist die Lebensart von Percy Pickwick, dem Geheimagenten Ihrer Majestät. Seinen gefährlichen Beruf bewältigt Pickwick mit viel Humor.

Von Turk, Bédu und de Groot.

PRINZ EISENHERZ

Hal Fosters gewaltiges Epos aus den Tagen König Arthurs erscheint in dieser Edition endlich als vollständige und originalgetreue Gesamtausgabe.

Von Hal Foster.

JEFF JORDAN

Jeff Jordan ist ein Privatdetektiv, dem kein Fall zu gefährlich ist. Ihm zur Seite stehen Teddy, ein ehemaliger „schwerer Junge" sowie der unnachahmliche Inspektor Stiesel.

Von Maurice Tillieux.

comicArt

Comics für Kenner

REISENDE IM WIND

Auf einem Sklavenschiff gelangt die Adlige Isabeau de Marnaye gegen Ende des 18. Jahrhunderts bis nach Afrika und wird dort mit der grausamen Realität des Menschenhandels konfrontiert.

Von François Bourgeon.

DIE TÜRME VON BOS-MAURY

Diese brillante Serie erzählt die Geschichte des jungen Gereoy, der dem Folterkeller entrann und in eine ungewisse Zukunft unterwegs ist.

Von Hermann.

THORGAL

Der gefürchtete Wikinger-Krieger Thorgal erlebt dramatische Abenteuer in einer bizarren Welt der Magie und der Gefahren.

Von Jean van Hamme und Grzegorz Rosinski.

AUF DER SUCHE NACH DEM VOGEL DER ZEIT

Eine große Gefahr bedroht das Reich Akbar. Pelissa reist durch unzählige Gefahren, um den Vogel der Zeit zu suchen. Nur er kann Akbar retten...

Von Le Tendre und Loisel.

DIE SPUREN DER GÖTTER

Im südamerikanischen Dschungel sucht eine Gruppe von Wissenschaftlern nach der „Quelle des ewigen Lebens". Doch zwischen den Rätseln der Vergangenheit stößt die Expedition auf die Spuren der Götter...

Von Birger und Rafael.

JOHN DIFOOL

Privatdetektiv John Difool, der Held dieser meisterhaften Science-Fiction-Serie, wird zur meistgesuchten Person des ganzen korrupten Planeten.

Von Jodorowsky und Moebius.

ALEF-THAU

Chaos herrscht auf dem Planeten Mu-Dhara, den der gefürchtete Ner Ramnus von seinem Raumschiff aus beherrscht. Ist Alef-Thau wirklich der Retter, von dem die Legende der Dharianer spricht?

Von Jodorowsky und Arno.

DIE VORSTADT-GANG

In der Pariser Vorstadt ist immer was los. Mit spritziger Feder hat Margerin die ausgeflippten Abenteuer einer Jugendgang aufgezeichnet.

Von Frank Margerin.

DIE HAIE VON LAGOS

Ein abenteuerlicher Report über die moderne Piraterie. Im Mittelpunkt steht Patrick Lambert, ein Weißer in einer schwarzen Welt. In seinem Kampf gibt es nur zwei Möglichkeiten: Reichtum oder Untergang!

Von Matthias Schultheiss.

BILAL/ CHRISTIN

Enki Bilal und Pierre Christin sind Meister der hintergründigen Polit-Fiktion. Mit einem Hauch Phantastik widmen sie sich in jedem Band einem neuen Thema unserer Wirklichkeit.

Von Pierre Christin und Enki Bilal.

CORTO MALTESE

Corto Maltese ist ein Einzelgänger, ein Kapitän ohne Schiff. Er lebt in einer Welt, in der sich Realität, Magie und Phantasie ständig vermischen. Ein meisterhaftes Abenteuer-Epos!

Von Hugo Pratt.

EIN INDIANISCHER SOMMER

Dieser meisterhafte, zweibändige Comic-Roman schildert die schicksalhaften Ereignisse um die Siedlung Neu-Kanaan Ende der 20er Jahre des 17. Jahrhunderts.

Von Hugo Pratt und Milo Manara.